戒厳令

カミュ

Albert Camus, L'État de siège

中村まり子 訳

解説　岩切正一郎

解説鼎談　松岡和子　松井今朝子　中村まり子

藤原書店

Albert Camus

L'État de siège

was presented at Théâtre Marigny, Paris,
on October 27, 1948.

戒厳令——目　次

戒厳令

戒厳令

プロローグと三部

「戒厳令」の初演は一九四八年一〇月二七日。パリ、マリニー座に於いて、ルノー・バロー劇団により上演された。演出はジャン・ルイ・バロー

登場人物（登場順）

市民たち
市民警備隊の将校
ナダ
ディエゴ
カサド判事
衛兵たち
伝令
市場の群衆
乞食1・2・3
漁師
老女
ヴィクトリア
占星術師
占いに来た女
ジプシーたち
役者たち
リボンの商人
総督
市長
町長と役人たち
居酒屋の酔っ払いたち
医者二人
老司祭
魔法使いの女
判事の妻
ペスト
秘書
伝令1・2・3・4・5
貧乏人
女（アントニオ・ガルベスの妻）
一人の男（給与値上げの陳情の男）
別の男（商売を始める男）
女（家を取られた女）
判事の娘
判事の息子
船頭
一人の男（大男）
コーラス・女だけのコーラス

※フランスの初演では「死体運搬人」の役があった。

プロローグ

警報のサイレンを思わせるようなよく響く、幕開きの音楽。

幕が上がる。舞台は全くの暗闇。

音楽は終わるが主旋律の警報は続く。遠くの方で低くブーンと唸《うな》るような音である。

突然、舞台奥上手に彗星が出現し、ゆっくりと下手に向かって移動する。

彗星の光はスペインの城塞都市の城壁と、観客に背を向けた数人の人物のシルエットを影絵のように照らし出す。全員身動きせず、顔は彗星の方に集中している。

四時が鳴る。台詞は呟きのようで非常に聞き取りにくい。

声　この世の終りだ！
声　そんなこと！
声　世界が滅びるんだ……
声　違う。世界は滅びてもスペインは滅びない！
声　スペインだって滅びる。
声　神に祈ろう！
声　災いの彗星だ。

声　スペインは滅びない。スペインは大丈夫だ！

二～三の顔が振り向く。一人か二人が慎重に位置を変える。それからじっと動かなくなる。低く唸る音はますます激しく甲高くなり、はっきりした強迫的な言葉のように音楽的に拡がる。同時に彗星は異常に大きくなる。不意に女のすさまじい叫び声。すると突然、音楽は止み、彗星は小さくなって普通の大きさに戻る。女は息を切らしながら逃げ去る。広場が大騒ぎになる。対話は口笛のようなぴいぴいという音のようになり、聞き取れはするがまだはっきりというわけではない。

声　これは戦争の前触れだ！

声　間違いない！

声　前触れなんかじゃない。

声　場合による。

声　たくさんだ。これは暑さのせいさ。

声　カディスの暑さだ。

声　もうたくさんだ。

声　唸《うな》りが大き過ぎる。

声　耳がガンガンする。

声　この街への呪いだ！

声　ああ、カディス！　お前には呪いがかかった！

声　静かに！　静かにしろ！

彼等は再び彗星をじっと見つめる。その時今度ははっきりと市民警備隊の将校の声が聞こえる。

将校　全員家に戻れ！　お前たちは見るものを見た、それで充分だ。騒ぐ必要はない、そういうことだ。騒いでも何にもならん。結局カディスはいつも通りのカディスだ。

声　けどこれは前触れだ。何もないわけがない。

声　おお！　偉大で残酷な神よ！

声　じきに戦争だ、その前触れだ！

声　今の時代に前触れなんぞ信じるもんか、アホ！　俺たちはそんなバカじゃない。

声　そうだ、全くうんざりするよ、バカみたいだ。

将校　家に戻れ！　戦争は俺たちの仕事だ、お前たちには関係ない。

ナダ　おっ！　ホントかね！　違うねえ、将校さんたちは自分のベッドで死ぬが、不意をつかれて殺されるのは俺たちだ！

声　ナダ、ナダが来た。アホのナダ！

声　ナダ、お前なら知ってるだろ、あれは何の前触れだ？

ナダ　(身体障碍者である)俺が何を言ってもお前ら聞く耳持ってないじゃないか。俺を笑い物にしてよ。そこの学生さんに聞けよ、もうすぐ医者におなりになる方だ。俺は酒瓶と喋《しゃべ》ってるよ。

ナダは酒瓶を口に持って行く。

声　ディエゴ、どう思う？

ディエゴ　どうでもいいだろう？　気を確かに持っていればそれでいいんだ。

声　警備隊の将校さんに聞いてみようよ。

将校　警備隊はお前たちが公的秩序を乱していると考える。
ナダ　お気楽なもんだ。単純アタマだね。
ディエゴ　見ろ、まただ……
声　ああ！　偉大で残酷な神よ。

低く唸る音がまた始まる。彗星が二度目の通過をする。

声　やめろ！
声　たくさんだ！
声　カディス！
声　唸っている！
声　呪いだ……
声　この街に……
声　静かに！　静かにしろ！

五時が鳴る。彗星は消える。夜が明ける。

ナダ

（隅の石の上に座りせせら笑う）さてと！　この俺様ナダ、教養と知識に関してはこの街の光の俺様、全ての物事を軽蔑し、名誉を嫌って酔っ払い、軽蔑の自由をしっかり持ってる故にみんなにからかわれるこの俺が、さっきの花火について無料の警告をお伝えしよう。ではお知らせするが、我々は今この状態、今後もますますこの状態、考えてもみろ、俺たちは今までもこうだった。だがそのことに気付くには一人の酔っ払いが必要だった。じゃあ俺たちは今どうなってる？　そいつぁお前さん方まともな人間がその謎を解くんだ。俺の意見はずーっと前から決まってる。主義を変える気はねえ、生きるということは死ぬ価値があるってぇことだ。人間てな火あぶりの刑に使われる薪なんだ。お前らはこの先大変な目に遭う。請け合うよ。あの彗星は悪いことの前触れだ。ありゃあ警告だ！　そんなことあるわけないってか？　そう言うと思ってた。お前らは三度の飯を食い女房と妾を養うために八時間働いてりゃそれで良しと思ってる。ところがどっこいそうじゃねえのさ、お前さんたちは行列の中にいる、きちんと並んで何事もない顔で災いを待ってるってことだ。

カサド判事　さて勇敢な諸君、警告はなされた、俺は良心にのっとってちゃんと言ったぞ。あとは運を天に任せるだけだ。分かってるだろうが簡単なことじゃねえ。お気楽な天の意思だからな！

ナダ　神を冒瀆するのはやめろ、ナダ。昔からお前はそうだ。神に対してそういう態度はいかん。

いつ俺が神様のことを話した？　いずれにしろ俺は神様のすることに反対はしねえよ。俺は俺の流儀に忠実なんだ。本で読んだんだ、神の犠牲者になるよりは共犯者になった方がいいってさ。第一これは神様のせいなのかねえ。人間どもがわずかでも怒りをぶちまけて首を突っ込んで来たら、神様はそん時はやり方を心得てらあ。神様なんて子供みたいに純真なんだよ。

カサド判事　お前のような不信心者がいるから俺たちに天罰が下るんだ。あれは確かに天の警告に違いない。だがその罰は心が堕落した者全員に及ぶ。みんな畏《おそ》れろ、この上もっとひどいことが起こらぬよう、そして神に祈れ、罪の赦《ゆる》しを乞うのだ。祈るのだ！　とにかく祈るのだ！

ナダ以外の全員がひざまづくのだ。

カサド判事　神を畏れろ、ナダ、ひざまづくのだ。

ナダ　判事さん、そうしたくたって膝が曲がんねえんだよ。畏れろと言ったって、こちとら覚悟は出来てるんだ、最悪のことをさ、つまりあんたのお説教のことさ。

カサド判事　何も信じないのか？　哀れな奴。

ナダ　この世のものはね、あ、酒だけは別だ。神も信じねえ。

カサド判事　神よ、この者をお赦し下さい。自分で言っていることが分からないのです。そしてこの街のあなたの子供たちを災いからお救い下さい。

ナダ　イテ・ミサ・エスト！〔ラテン語「行け、汝らは去らしめられる」。ミサの終りの言葉〕はい、ミサは終わり。ディエゴ、俺に酒をくれ。お前の色ごとはどうなってる？

ディエゴ　僕は判事のお嬢さんと結婚するんだ。だから今後は彼女のお父さんを侮辱するのはやめてくれ。それは僕を侮辱することでもあるんだよ。

トランペットの音。衛兵たちに囲まれて一人の伝令が来る。

伝令　総督府命令。全員ここを立ち去って各々の仕事に戻るように。政府は何も起こらぬことをもって良き政府とする。故に総督はその支配下に何事も起こらぬこと、よって今まで通りの良き状態であることを要望するものである。本日カディスの住民においては何事も起きてはおらず、不安になったり慌てたりする必要はない。故に各人はこの六時以降、いかなる彗星を水平線上に見ても、それは誤認である。この命令に違反した者、また彗星の話か、又はそれに類した過去および未来の天体現象を語る者は、法の下に厳罰に処せられる。

トランペットの音。伝令は退場。

ナダ　なるほど！　ディエゴ、どう思う？　素晴らしいじゃねえか！

ディエゴ　バカバカしい！　嘘をつくのはバカなことだ。

ナダ　いや、これこそ政治だ。俺は賛成だね、政治の狙いってのは全てをなかったことにすることだ。ああ！　ご立派な総督を持ったもんだ！　もし予算が赤字でも、夫婦の間で不倫があってもなかったことにする。たとえ濡れ場を目撃しても否定するんだ。寝取られ男も女房は貞淑と言い張り、車椅子の奴にもお前は歩けると言う。おい、お前ら、めくらのお前ら、よく見ろ、今こそ真実の時だ！

ディエゴ　不吉なことを言うな！　真実の時っていうのは、死刑執行の時だ！

ナダ　まさに。世界に死を！　ああ、もし俺が世界をこの手に出来たらなあ、その世界はまるで牡牛みたいに四つ足を蹴立てて、憎しみに燃えた小さい目で、汚れたレースみてえな涎《よだれ》を赤い鼻づらにひっつけて！　ああ！　いいぞ。老いぼれた俺の手はためらわない。骨の髄まで一発でバッサリだ。どデカい牡牛は倒れて無限の時空へ落ちて行く！

ディエゴ　君は物事全てを軽蔑し過ぎだ、ナダ。軽蔑は必要な時までとっておけ。

ナダ　俺には必要な時なんてないのさ。死ぬまで全てを軽蔑してやる。この世の全て、王様も彗星も、モラルも、俺様以上のものなんかないんだ！

ディエゴ　落ち着け！　興奮するな。皆に嫌われるぞ。

ナダ　俺は全ての物の上に居る。これ以上何もいらん。

ディエゴ　誰も名誉の上には立てない。
ナダ　名誉って何だい？　坊主。
ディエゴ　僕を支えているものだ。
ナダ　名誉なんてえものは過去か未来の天体現象だ。抹殺しちまおう。
ディエゴ　そうか、ナダ、とにかく僕は行かないと。彼女が待ってるんだ。そういうワケだから僕はあんたの言う自然災害なんか信じないよ。僕のすべきことは幸福になることだ。しんどいことだけど、そのためにはまず街もそして田舎も平和でなければね。
ナダ　言っただろ坊主、もうのっぴきならねえんだよ。希望はない。ドラマは始まるんだ。世界が終わるまでにかろうじて市場へ走ってって一杯飲む時間がありゃいいけどな。

暗転。プロローグ終わり。

第一部

照明イン。普段の活気。人々の動きは活発である。音楽。商人が鎧戸《よろいど》を引き、プロローグのセットを押しのけると市場の広場になる。人々のコーラスが漁師たちに導かれ、それは徐々に歓喜に満ちて行く。

コーラス　何も起きない、この先も起きない。涼んでおいき！　災いなんか何もない。夏は今が真っ盛り！

歓喜の叫び。

コーラス　春は終わり、もう夏色の黄金のオレンジが全速力で空を横切り季節のてっぺんによじ登る。そして熟した実ははじけ、溢れた果汁はスペインにしたたり落ちる。その間世界中の全ての夏の果実、甘いブドウ、バター色のメロン、みずみずしいイチジク、煌《きら》めくアプリコット、それらが一斉にこの市場に並ぶんだ。

歓喜の叫び。

コーラス

おお、果実たちよ！　田舎から柳の籠の中で揺られ、大急ぎで運ばれて来た長い道のりをここで終えるのだ。田舎では暑く青い草原で、陽の当たる無数の泉が湧き出るその場所で、水気と甘みで重くなっていく。湧き出る泉は若々しい一筋の流れとなり、木の根や幹に吸い込まれ、その実の心臓にたどり着き、甘く、汲みつくせぬ泉のようにゆっくりと流れて果実を育み、重みを増していく。

重く、ますます重く！　そしてあまりの重みでついに果実は空から水底《みなぞこ》へ沈み、生い茂った草の間を転がり始め川の流れに乗り、全ての道に沿って進み、四方八方から人々の歓びのどよめきと夏のラッパの響きに迎えられ（トランペットの音）群れをなして人間の街へやって来る。それは大地がかぐわしいことの証し。空が忠実に豊作の約束を果たして糧《かて》をもたらすことの証しなのだ。

歓喜の叫び。

コーラス　何もない、何も起きたりはしない。今は天からの贈り物の夏。災いなどあるものか。冬になってパンが固くなるのはまだ先のこと！　今ここには鯛《たい》、鰯《いわし》、海老、たくさんの魚、新鮮な魚が静かな海からやって来た。チーズ、ローズマリー入りチーズ！　山羊の乳、ふわふわのムース、大理石の盆の上には血の滴る肉、アルファルファの香りのする肉が血と活力と日光を人間に味わわせてくれる。乾杯！　乾杯！　季節を飲み干そう。何もかも忘れるまで。何事も起きたりはしないのさ！

万歳。歓喜の叫び。トランペットの音。音楽。市場のあちこちで色々なシーンが繰り広げられる。

乞食・1　旦那様、お恵みを、婆様、お恵みを！

乞食・2　お早くお恵みを、お情けを！

乞食・3　哀れと思って！

乞食・1　へい、何事も起きなかった、その通り。

乞食・2　けど、この先は何かが起きますぜ。

乞食・2は通行人の腕時計をスる。

乞食・3　いつでもお恵みを。一度よりは二度！

漁師の店先。

漁師　見てくれよ、この新鮮な鯛！　海のスターだ、文句は言いっこなし！

老女　鯛じゃない、そりゃ鮫《さめ》じゃないか！

漁師　鮫だと！　この魔女、この店に鮫なんざ置いたためしはねえ。

老女　何だとドラ息子！　私の白髪をよくご覧！

漁師　出てけ、彗星ババア！

この言葉に全員が固まり、指を唇に当てる。

照明変化。

ヴィクトリアの部屋の窓辺。ヴィクトリアは窓の格子の後ろ側、外側にディエゴがいる。

ディエゴ　会いたかった！

ヴィクトリア　バカねえ、今朝十一時に別れたばかりじゃない。

ディエゴ　うん。でもあの時は君のお父さんがいた。

ヴィクトリア　父は私たちのことを認めたでしょ。意外だったわね。

ディエゴ　正面からぶつかっていくのがいいって確信してたよ。

ヴィクトリア　本当ね。父が考えている間、私目を閉じていたの。そしたら頭の中にね、遠くの方から駆けて来る馬の足音が聞こえた。それが近付くにつれてだんだん速くなり、たくさんになって私身震いしたわ。そうしたら父が「分かった」と言ったの。だから私、目を開けた。何だか目の前がパアッと明るくなって、部屋の隅にね、黒い馬たちが見えたわ。愛を象徴している馬よ。それを見たら私、身震いが止まったの。あの馬たちは私たち二人を迎えに来たのね。

ディエゴ　僕はつんぼでもめくらでもない。でも聞こえたのは、この身体の血が湧き立ってくる音だけだ。僕は嬉しさを抑えられなかった。ああ、今この

ヴィクトリア　街は光に溢れている、君は生涯僕のものだ、この世が二人を引き離すまでね。明日僕らは一頭の馬の一つの鞍に跨《また》がって未来へ旅立つんだ。
ディエゴ　素敵な言葉！　他の人たちからバカにされても、私はその表現が好きよ。明日、あなたは私の唇にキスをする。そして私の頬は火照《ほて》ってくる。ねえ、これは南風のせい？
ヴィクトリア　ああ、南風も僕を燃え立たせる。だからその火照りを鎮める泉を探さないと。

彼は近寄り、二本の腕を格子の間に差し入れて彼女の肩を抱く。

ヴィクトリア　ああ！　どんなにあなたを愛しているか！　もっとそばに来て。
ディエゴ　美しい人！
ヴィクトリア　強い人！
ディエゴ　どんなものでその顔を洗えばそんなに白く美しくなるの？　まるでアーモンドの花のように？
ヴィクトリア　冷たい水でよ。すると愛が私の肌をもっと美しくするの。

ディエゴ　君の髪は夜の闇のように黒く美しい。
ヴィクトリア　毎夜、窓辺であなたを待っているからよ。
ディエゴ　君の身体からレモンの木の香りがするのも、冷たい水と夜のせいなの？
ヴィクトリア　いいえ、あなたの愛の風がたった一日で私を花の香りで包んだの！
ディエゴ　でも花はやがて散ってしまう！
ヴィクトリア　そしたら果実の実がなるわ！
ディエゴ　冬が来る！
ヴィクトリア　でも私にはあなたがいる。ねえ、初めて会った日に私に唄ってくれた歌を覚えてる？　今でも唄える？
ディエゴ　「死んで百年経ったら
大地が僕に呼びかける
『君はあの娘を忘れたか？』
僕は答える『いいや、まだまだ！』」

ヴィクトリアは黙る。

ディエゴ　何か言ってよ？

ヴィクトリア　言葉が出ないの、あんまり幸せで。

照明変化。占星術師のテントの中。

占星術師（男）（女に）あなたが産まれたその時、ちょうど太陽が天秤座を横切っている。とすると、あなたは金星に属していると見なされるが、牡牛座の影響力も受けている。これは誰もが知るように牡牛座は金星に支配されているからだ。つまりあなたは感受性が強く、情が深く、好感を持たれる。それはいいのだが、牡牛座には縁遠くなる傾向があり、こうした貴重な長所を使えずに終わるという恐れがある。そしてまた金星と土星の結合が表れており、これは縁談と子供に恵まれない可能性がある。またこの結合は風変わりな嗜好を表わしていて、腹の病気にかかる心配がある。しかしながらあまりそのことでくよくよせずに、太陽を求めることだ。太陽は精神と品行を高め、腹の具合には特効薬にもなる。友人は牡牛座の中から選びなさい。いいかね、あなたの運は良い方向に順調に行く。そしていつも明るく暮らせるよう守ってくれるよ。六ユーロだ。

占星術師は金を受け取る。

女　ありがとうございました。今仰ったことは本当に確かなんですね？

占星術師　もちろん、私はいつも正しい！　しかしながらこれだけは言っておく、今朝この街には何も起きなかった、もちろんな。だが何も起きなかったということが私の占星術を混乱させるということもある。起きなかったことに責任は持てん！

女は去る。

占星術師　星占いはいかがかな！　過去、現在、未来、星で全てが分かる、請け合いますぞ！　そう全てが分かる！（独白）彗星に余計なことをされると、この商売上がったりだ。総督にでもなるしかないな。

ジプシーたち　幸福をもたらす友達……黒い髪の、オレンジの香りするお嬢さん……マドリッドへの心弾む旅……アメリカから遺産が届くよ……。

男のジプシー　金髪男が死んだ後、遺産が転がり込むよ。

奥にある舞台のセットの上で太鼓の音。

役者たち　紳士・淑女の皆さん、麗しきそのお目とお耳を拝借！　ここにおります役者たち、最も名だたるスペイン王国で苦労の末、宮廷を離れてこの市場にお目見得致しました。さて、お楽しみ頂きますのは素晴らしき一幕芝居、不朽の名作家ペドロ・デ・ラリバによります『亡霊』でございます。驚かれること間違いなし、天才作家の翼が一挙に世界の頂点へ羽ばたいた傑作。この非凡な名作は我が国王陛下もいたくお気に召され、日に二度までも上演をご所望されました。国王はなおも続けてご覧になりたいと仰せられましたが、この比類なき傑作を、そして比類なき劇団をすぐにでもこの市場の皆様の前で、スペインでも最も知的なカディスの民の皆様にお見知りおき頂きたく、一座を率いて参りました。さあさあお近くへ、間もなく開演でございます。

実際芝居は始まる。しかし俳優たちの声は、市場の喧騒にかき消されて聞こえない。

市場の声　冷たい飲み物はいかが！

同じく　海老女だよ、人魚だよ！

同じく　鰯のフライはいかが！　鰯のフライ！

同じく　あらゆる牢獄を脱出した脱獄名人だよ！

同じく　トマトはいかが、お嬢さん、あんたの心みたいにスベスベだよ！

同じく　婚礼下着用のレースはいかが！

同じく　痛くないよ、嘘じゃないよ、このペドロ様が歯を抜けば！

ナダ　（酔って居酒屋から出てきて）全部ぶっつぶせ、トマトも心臓も！　牢屋へ行け脱獄名人！　てめえの歯をぐちゃぐちゃにしろ、ペドロ！　何も予言出来ねえ星占い師！　海老女を食おう、他はみんなぶっ殺せ、酒だけありゃいいんだ！

派手な身なりをした外国人の商人が市場に現れ、娘たちの雑踏の中に入る。

商人　彗星印のリボンはいかが！
全員　シーッ！　シーッ！

彼等は商人のところに行き、「彗星」という言葉はご法度だと耳打ちする。

商人　星印のリボンはいかが！

みんなリボンを買う。
歓声。音楽。総督がお供を引き連れて市場に現れる。人々はその場に立つ。

総督　諸君、ごきげんよう。諸君はこの街カディスの富と平和のために仕事を持ちつつ、こうしていつも通りこの場に集まっていることを嬉しく思う。いや確かに何も変わったことは起きていない。何かの変化というものは、

市民の一人　わしを不快にさせる。わしはいつも通りの世の中が好きなのだ。

もちろんです、総督閣下。実際何も変わっておりません。私ども貧乏人はそれを請け合います。月末ともなるとすかんぴん。玉ねぎ、オリーブ、パンが私らの糧、チキンのポトフは裕福な人たちが日曜に食ってる。今朝この街の頭上で騒ぎがありました。正直私らおっかなかった。何かの変化があるんじゃねえかと、例えば突然私ら貧乏人がチョコレートでも食わされるんじゃねえかとか、けど総督閣下の気配りで何事も起きなかったことが分かった。ありゃあ私らの誤解だった。その結果、私らは今、安心してあなた様とここにいるってワケで。

総督　それを聞いて嬉しい。とにかく新しいもので良いものというのはないのだ。

市長たち　閣下のスピーチは素晴らしい！　新しいものに良いものはない。まさに我々市長、町長、議員にも分別と経験がございます。我々としては我が善良な貧民たちが皮肉な態度の言動をしているのではないと思いたいと。皮肉というものは美徳ではあるが破壊的、一方総督は建設的である悪徳の方をむしろ好まれる。

総督　とにかく何も変わってはならぬ！　私は不変の、不動の王なのだ！

居酒屋の酔っ払いたち　（ナダを囲んで）そうそうその通り！　いやいや違う！　不動の王の総督閣下！　俺たちの周りを苦しみが回っている！　俺たちは全てにじっとしてて欲しいんだ！　何もかもじっとしてろ！　何もいらない、酒とバカ騒ぎがあればいい。

コーラス　何も変わってない！　何も起きてない、何も起きなかった！　季節はいつも通り無事に軸を回転し、穏やかな幾何学は狂った星々を制御する。その星々は彗星の周囲のガスで大空の草原に火を放ち、警報の唸りは惑星たちの甘美な音楽の邪魔をし、その果てしない引力と風の運行をかき乱す。そして星座を軋ませ、天空の四つ辻で星々の不幸な衝突をもくろんでいる。しかし実際全ては整然としているし、世界はバランスを保っている。今は季節のど真ん中、不動の季節！　他のことはどうでもいい、幸福こそが我らの誇り。

市長たち　もし天空に習慣があるのなら、総督閣下に感謝を。何故なら閣下こそが習慣の王だから。閣下は厄介なことはお嫌いだ。だから閣下の領土は全て安穏だ！

コーラス　みんなおとなしく！　おとなしくしていよう！　何故なら何も決して変わらないのだから。髪振り乱し、目を吊り上げ、金切り声で叫んで何になる？　人々の幸福を誇りにしよう。

酔っ払いたち　（ナダを囲んで）じっとしていろ、じっとしてるんだ！　動くな、動いちゃダメだ！　時の流れに身を委ねればこの世は全てこともなし、不動の季節、我らの季節。何故ならこの暑さは俺たちに酒を飲ましてくれる！　酒だ！　酒を飲もう。

しかし少し前から例の警報の響きのブーンという唸り音が微かにしていたが、突然大きく鋭く響き渡る。その一方で二発の鈍い衝撃音が鳴り響く。舞台上の一人の役者がパントマイムをしながら群衆の中に進み出て、ふらつくと真ん中で倒れる。人々はすぐさま取り囲む。言葉も動きもなく沈黙が支配する。

数秒の静止の後、一斉にざわめきが起きる。

ディエゴが群衆をかき分けて出て来る。みんなが道を開けると役者の姿が見える。

二人の医者が来て、その身体を調べる。そして離れると、動揺して議論する。
一人の青年が医者の一人に説明を求めるが、医者は否定の身振りをする。青年は医者を急《せ》き立て、群衆が応援するので医者を詰問し揺さぶり、取りすがり、懇願するように、しまいには医者と唇が触れ合わんばかりになる。息を吸い込み青年は医者から何か聞いた様子をする。離れる。やっとのことで、まるでその言葉が彼の口には重大過ぎるように、長い努力の末に引き出される。彼は呟く。

青年　ペスト。

全員が膝をつく。そして各々がその言葉を繰り返し、それはだんだん強くなり、だんだん速くなる。そして舞台上で大きくカーブを描いて壇上にいる総督を囲み、逃げ出す。動きはますますスピードを上げ、慌ただしく、逆上してくる。それは老司祭の声をキッカケに、あちこちで身を寄せて動かなくなる。

老司祭　教会へ来なされ！　教会へ！　今まさに天罰が下ったのだ。古い災いが街を襲った！　堕落しきった都の上にその大罪を死によって罰するために天が遣わした災いだ。その嘘つきの口の中でお前たちの悲鳴は圧し潰され、お前たちの心臓に焼け付く刻印が捺されるのだ。さあ正義の神に祈れ、お前たちの罪を忘れ、お赦し下さるように、教会へ来るのだ、教会へ！

何人かが教会の中へ急いで入る。死者を弔う鐘の音が鳴っている間、他の者はただ機械的に右往左往する。舞台の奥では占星術師が報告をするような感じで総督に向かって自然な口調で話す。

占星術師　敵対する惑星同士の不都合な結合が、天体図に示されています。これは干ばつと飢饉《ききん》とペストを意味していて……

しかし一団の女たちのけたたましいお喋りがこの台詞を覆ってしまう。

女・1　私見たの。喉の処にものすごく大きな虫がいて、ゴボゴボと血を吸っててたわ！

女・２　あれはすごく大きな蜘蛛だったわ！

女・３　緑色よ、緑色だったわ！

女・４　違うわ、あれはトカゲよ！

女・５　違うったら！　あれは蛸よ、巨大な蛸よ！

ヴィクトリア　ディエゴは？　ディエゴはどこ？

女・６　きっと死人がすごく大勢出て、今に埋葬する人間がいなくなるわ！

女・７　ああ！　どこかへ逃げられたら！

女・８　逃げましょう！　逃げるのよ！

ヴィクトリア　ディエゴ、ディエゴはどこ？

このシーンの間、空はさまざまな兆しで覆われ、警報のブーンという唸りが広がり、人々の恐怖は増大する。一人の男が狂信的な表情で家から出て来て叫ぶ。

男　あと四十日で世界の終わりが来る！

そして新たにパニックが広がり、人々は繰り返す。

人々　四十日でこの世は終わりだ！

警備隊が来て狂信的な男を逮捕する。だが一方で魔法使いの女が出て来て、薬を配る。

魔法使いの女　ハッカ、ミント、サルビア、ローズマリー、タイム、サフラン、レモンの皮、アーモンド……この薬の効き目は確かだよ！

だがこの時、冷たい風が吹き、この間に太陽が沈み始め、人々は顔を上げる。

魔法使いの女　風だ！　ほら風が吹いた！　疫病は風を怖れるんだ。きっと万事良くなるさ、見ててごらん！

その時風が止む。ブーンと唸る音は鋭く高くなり、二発の鈍い音が鳴り響き、耳をつんざき少しずつ音は近付く。二人の男が群衆の真ん中で倒れる。全員が膝をがくりと折り、後ずさりでその身体から離れ始める。一人、魔法使いの女が足元の二人の男のところに留まる。二人の男は鼠径部と喉に印がある。病人二人は身をよじり、二〜三の動きをしてから死ぬ。この間にゆっくり夜の帳《とばり》がおりて来て、群衆は外の方へ動いて行く。中央に二つの死体を残したまま。

暗転。

教会に照明。宮廷にプロジェクター。判事の家に照明。シーンは交互に展開する。

【宮廷】

市長　閣下、疫病は突然急速に始まり、救助の手は間に合わない状態です。各

地区は思いのほか汚染されております。そうなりますと、どうあっても
この状況は隠して民衆には真実を告げないようにしなければ。しかしな
がら目下のところこの病は人口過密な貧民街に蔓延しております。なの
でこの災難はこの点のみは幸いと申せましょう。

【教会】

老司祭

さあ、こちらへ寄って、各々がみんなの前で犯した罪を告白するのだ、
心を開くのだ、呪われし者どもよ！　お互いに自分たちが犯したこと、
心の中でも犯したことをさらけ出すのだ。さもないと罪の毒でお前たち
は窒息し、ペストの執念で地獄へ落とされるのだ……私自身も我が身の
罪を認める。私はしばしば憐れみの心に欠けておった。

次のシーンの間に、三人の告白のパントマイムが行なわれる。

【宮廷】

総督　何もかもうまくいく。ただ困ったことに、わしは狩りに出かけなければならんのだ。こういう大事な時に決まって何かが起きるのだ。どうしたものかな？

市長　狩りにはお出かけ下さい。民衆には手本になることでしょう。逆境の中にあっても平静な態度でいることをお示しになるべきです。

【教会】

全員　神よ我らを赦したまえ。我らが犯した罪、また犯していない罪をも！

【判事の家】

判事　主は我が寄る辺《べ》、我が砦、そは主こそ我を護りたまえばなり。鳥刺しの罠より、そして凶暴なペストより。

妻　カサド、出かけてはいけないの？

判事　お前は外出が多すぎる。そのせいで我が家は不幸なのだ。
妻　ヴィクトリアがまだ戻ってないの。何かあったら心配ですもの。
判事　自分のことはいつも心配しないくせに。お前はそうやって貞節を失ったんだ。ここにいろ。災いの真っ只中でも平和なこの家にな。私はこの事態を予測して、収束するまで閉じこもることにしたんだ。神のお助けによって何の心配もない。
妻　あなたは正しいわ、カサド。でもこの街には私たちだけじゃない。他の人は苦しんでる。ヴィクトリアだって危ない目に遭ってるかも。
判事　他の人間のことは放っておけ。我が家のことだけ考えろ。息子のことかな。蓄えを怠るな、値段に糸目は付けなくていいから蓄えろ、蓄えておくんだ！　今はとにかく買い溜めの時だ！（聖書を読む）主は我が寄る辺、我が砦……

【教会】

判事の読む詩篇の続きを引き取る。

コーラス　汝、怖るるに及ばざるべし。夜の諸々の恐怖も、日なかに飛び来たる矢も、闇に近付くペストも、真昼に忍び寄る疫病にも。
一人の声　おお神よ！　偉大で残酷な神よ！

広場に照明。人々がスペインの歌のリズムに合わせてそぞろ歩く。

コーラス　お前は砂に署名した。海に書いた。あとに残るのは苦しみだけ。

ヴィクトリア登場。広場にプロジェクター。

ヴィクトリア　ディエゴ、ディエゴ、どこ？
一人の女　病人のそばに居たよ。みんなの手当てをしてるよ。

ヴィクトリアは舞台端まで走る。そこでディエゴとぶつかる。ディエゴはペストの医者の仮面を被っている。ヴィクトリアは叫び声を上げて後ずさる。

ディエゴ　（優しく）僕、そんなに君を怖がらせたかな？　ヴィクトリア。

ヴィクトリア　（叫んで）ええ！　ディエゴなの？　ああ、やっと会えた！　そんな仮面は取って、しっかり私を抱いて、思いっきり、ぎゅうっと。そしたら私、この苦しみから逃げられる！

ディエゴは動かない。

ヴィクトリア　どうしたの、何があったのディエゴ？　私ずっと、何時間もあなたを探して街中走り回ったのよ。あなたにも災いが起きたんじゃないかと不安になって。そしたらあなた、そんな不吉な病気の仮面を付けているんですもの。外して、外してよ、お願い、そして私を抱いて、思いっきり。

ディエゴは仮面を外す。

ヴィクトリア　あなたのその手を見た時、私の唇はカラカラになったわ。ねえ、キスして！

ディエゴは動かない。

ヴィクトリア　（小声で）キスして、もう死にそうよ。ねえ忘れたの、私たちたった昨日お互いに誓い合ったばかりじゃない。毎夜毎夜私はこの時を待っていたの、あなたが私を力いっぱい抱いてキスしてくれるその時を。早く、お願い！

ディエゴ　僕は病人たちがかわいそうなんだ。

ヴィクトリア　私だってよ。でもじゃあ私たちは？　私たちだってそうじゃないの。だから私はあなたを探した。あなたの名を呼びながら道を走り、腕を伸ばしてあなたに駆け寄った。あなたに触りたくて！

彼の方へ寄る。

ディエゴ　僕に触るな、離れるんだ！
ヴィクトリア　何故？
ディエゴ　自分でも分からないんだ。これまでどんな人間も怖いと思ったことはない。けどこの状況は僕の理解を超える。僕は無力感でいっぱいだ。

ヴィクトリアが近寄る。

ディエゴ　触るな。もしかしたら僕はもう感染してて君にうつすかもしれない。今は待ってくれ、息をつかせてくれ、頭が締め付けられてボーッとしてるんだ。どうやって病人を抱え、どうやって寝返りをうたせてあげられるのかももう分からない。恐怖と憐れみのせいで手は震えて目をつぶってしまうんだ。

叫び声と呻き声。

ディエゴ　聞こえる？　彼等が僕を呼んでいるんだ、行かなくちゃ。君も気を付けて、もちろん僕もだ。いつか終わるさ、必ず！

ヴィクトリア　行かないで。

ディエゴ　必ず終わる。僕は若い、そして君をこんなに愛してる。死んでたまるか。

ヴィクトリア　（彼に駆け寄って）私だって生きてるのよ！

ディエゴ　（後ずさって）ああ、僕は恥ずかしい、ヴィクトリア、恥ずかしいよ。

ヴィクトリア　恥ずかしい？　何故？

ディエゴ　僕は怖いんだ。

呻き声が聞こえる。彼はそちらへ向かって走っていく。
スペインの歌のリズムに合わせて人々が歩き回る。

コーラス　誰が正しくて、誰が間違っているんだ？　考えるんだ。この世は全てが嘘っぱち、死ぬこと以外に真実はない。

プロジェクターが教会と宮廷に。教会では詩篇と祈りの声。宮廷では市長が群衆に訴えている。

市長　総督府命令。本日以降この度の災いの対処として、感染防止の観点から全ての集会、又娯楽、これらを禁止にする。又同じく……

一人の女　（群衆の真ん中で喚き出す）あそこ！　あそこ！　死体を隠してる。放っといちゃ駄目よ、みんな腐っちゃう！　恥知らず！　さっさと埋葬しなさいよ！

混乱。二人の男がその女を引っ張って行く。

市長　同時に、総督閣下におかれてはこの街を襲い、蔓延している予想外の災いに関して、住民諸君に対し、安心を保証しておられる。すなわち医師団によれば、海からの風さえ吹けばペストは後退し収束するとのことである。この上は神のご加護を……

しかしこの時、例の大きな二発の鈍い音が響いて市長の話を中断させる。続く二発の音の間に弔いの鐘が勢いよく鳴り響き、教会では祈りの声が沸き起こる。それから怯えた沈黙のみが支配する中に、二人の外国人が登場する。男と女である。その場にいる全員が二人を目で追う。男は肥満体。無帽、勲章が一つ付いた制服のようなものを着ている。女も制服だが、白の襟とカフスが付いている。彼女は手に手帳を持っている。二人は総督の宮廷の下まで行き、お辞儀する。

総督　異国の方、ご用件は？
ペスト　（礼儀正しく）あなたの地位を頂く。
全員　何？　何て言った？
総督　何かの冗談かな、そういう無礼な物言いは高くつきますぞ。しかしおそらくこちらの聞き間違いだろう。あなたはどなたですかな？
ペスト　まあ当たりっこないな！
市長　どなたかは知らんが痛い目に合いますぞ。
ペスト　（とても冷静に）それはそれは。（秘書に）君どう思う？　皆さんに私の正体を明かすべきかね？
秘書　いつもならもう少しもったいを付けますけど。

ペスト　だが皆さん大分急いでおいでだ。
秘書　きっと何か理由がおありになるんでしょう。いずれにしろ私たちは外部の者ですから、ここのしきたりに従わないと。
ペスト　なるほど。しかしそうなるとこの善良な皆さんを動揺させることになりゃしないかね？
秘書　失礼な振る舞いをするよりは、動揺させる方がマシですわ。
ペスト　ごもっともだ。だが多少良心が咎める。
秘書　どちらかお選びにならないと……
ペスト　と言うと……
秘書　言うべきか言わざるべきか、もし言った場合、皆さんはすぐお知りになる。もし言わない場合、皆さんはいずれお知りになる。
ペスト　分かりやすい。
総督　もうたくさんだ！　しかるべき判断をする前にもう一度命じる、これが最後だ、お前は誰で、何を望んでいるんだ。
ペスト　（相変わらず自然体で）私はペスト。
総督　ペスト？

ペスト　そうだ。あなたの地位が欲しい。申し訳ないが承知して頂く。私にはやるべきことが山積みでね。そうですな、二時間の猶予を差し上げよう。どうです？　それで権力を譲渡して頂くということで。

総督　もう我慢ならん。このペテン師！　詐欺罪で罰してやる。衛兵！

ペスト　待ちなさい！　私は無理強いはしたくないのだ。礼儀正しいのが私の流儀でね。確かに私の振る舞いは突飛に見えるだろう。だが結局のところ、あなたは私をご存知ない。それでも私はどうしてもあなたの地位を譲って頂きたいのだ。私の実力のほどをお見せする手間は省いてもらった上でね。私の言うことを信じて頂けませんか？

総督　これ以上こんな冗談に付き合ってはおれん、この男を捕まえろ！

ペスト　では仕方ない、諦めるとしますか。いや、本当にこれはやりたくないのですがね。（秘書に）君、抹消に取り掛かってくれるか？

ペストが一人の衛兵に向かって腕を伸ばす。秘書は手に持った手帳のページの上に、これ見よがしに何かの線を引く。鈍い音が響き渡る。衛兵が倒れる。秘書はその身体を調べる。

秘書　全て決まり通りです、総督閣下。三つの印がここに。（他の人々に向かって愛想よく）印が一つの場合は疑わしい。二つの場合は感染している。三つの場合、抹消は宣告されました。分かりやすいでございましょう？

ペスト　あ、ご紹介を忘れておりました。これは私の秘書です。まあ、もうお気付きでしたでしょうが、なんせ皆さんの人数が多いもので……

秘書　よろしいんですのよ！　皆様私を認識して下さってますもの。

ペスト　君はホントに天然の楽天家だねえ！　明るくて陽気で……

秘書　別に自慢にはなりませんけど。

ペスト　謙遜はいらんよ。あ、本題に戻ろう！（総督に）私は真面目に証拠をお見せしましたよね？　何かご感想は？　当然怯えてしまわれたでしょう。いや、私としては不本意だったのですがね、本当です。もっと友好的な手段で相互の信頼に基づいた協定で、つまり私とあなた双方の約束による保証をもって、いわばお互いの名誉を尊重して取り決めた同意ですな、それを望んでおります。いずれにしろまだ遅くはない。二時間の猶予、これでご納得頂けますかな？

総督は否定の印に首を振る。

ペスト　（秘書の方へ振り返って）実に不愉快だ！

秘書　（首を振りながら）頑固者、強情っぱり、トンチンカン！

ペスト　（総督に）私はどうしてもあなたの同意を頂きたい。あなたの承諾なしにはしたくありませんな。それは私の主義に反しますんで。私のご提案するささやかな改革をあなたが自ら進んで承諾して下さるよう、私の秘書が抹消の手続きを行ないます。（秘書に）君、用意はいいかね？

秘書　鉛筆を削る時間を下さい。先が丸くなってしまって。削ってしまえば何もかもＯＫですわ。

ペスト　（溜息をつく）君のその楽天的な性格のお陰で、この仕事の辛さも忘れるよ。

秘書　（鉛筆を削りながら）完璧な秘書というものはもちろんどんなことも解決致します。会計の間違いも修正し、うまくいかなかった打ち合わせもきちんとアレンジし直します。不幸の中にも良い面はあるものですわ。戦争にだってメリットはあります。お墓の経営だってね、ずるいやり方すればいい儲けになるんですよ。十年毎に「契約破棄するぞ」とか言っちゃえば。

ペスト　分かった分かった……ところで鉛筆は削れたかな？

秘書　はい、いつでも始めて下さいませ。

ペスト　よし！

ペストはちょうど前に出て来たナダを指さす。が、ナダは酔っ払って大笑いする。

秘書　（ペストに）あの、よろしいでしょうか、この男は何も信じないという種類の人で、なので私共の役に立つのでは、と？

ペスト　その通りだな。ではそこに並ぶ役人の中から選ぼう。

市長、役人たちはパニックになる。

総督　やめろ！

秘書　（総督に）まあ何でしょう、閣下！
ペスト　（慇懃に）何かご用でしょうか、総督。
総督　もし私があんたに地位を譲ったら、私と私の家族、それに部下たちの命は保証してくれるのか？
ペスト　もちろんですとも、それがしきたりです。

総督は役人たちと協議する。そして市民の方へ向き直る。

総督　カディス市民の諸君、今全てが変わった。諸君の利益のためにも、ここに現れ、名乗りを上げた新しい権力者にこの街を委ねることがおそらく望ましいと思う。彼との間で取り決めた協定で、おそらく最悪の事態は避けられる。そういう訳でこの城壁の外に未だ維持されている政府が、諸君にとって役に立つことだろう。これだけは申し上げておきたい。私は決して己の身の安全のために服従した訳ではない、ただ……
ペスト　話を遮って申し訳ない、だがあなたが自ら進んでこの適切な取り決めに賛成したこと、そしてこれはもちろん自由意思で同意したことであると公衆の面前ではっきり仰って頂くと有難いのだが。

総督はペストと秘書の方を見る。秘書は鉛筆を口へ持って行く。

総督　もちろんこの新しい同意事項は、私が自由意思で結んだものである。

総督は口ごもり、後ずさりし、逃げ去る。一同も移動を始める。

ペスト　（市長に）頼む、そんなに急いで行かないでくれ！　私は市民の信頼を得られる人物が欲しいんだ。そしてその人を介して市民に私の意思を伝えたい。

市長は躊躇《ためら》う。

ペスト　無論、その役を引き受けて頂けますな……（秘書に）君……（ト、鉛筆のジェスチャー）

市長　あ、いや、もちろんです！　光栄の至りで。

ペスト　よろしい。それならば（秘書に）君、市長さんに我々の条令を教えて差し上げて、市民全員が統制の取れた規則の中で生活を始めるということを、知らしめねばならない。

秘書　市長及び市議会議員から提出され、公布された条令は……

市長　あ、あの、私何も提出しておりませんが……

秘書　あなたのお骨折りを省いてあげるんです。あなたがサインする光栄に浴するための書類作成を、わざわざこちらでして差し上げるのよ。悪い気はしないでしょ？

市長　ええ、多分。でも……

秘書　我々の敬愛する主権者の意思で、完全な服従によって公布される条令は統制と、病毒に感染した市民への慈悲深い救済を、全ての規則と以下に指名する人々、すなわち監視人、警備員、死刑執行人、墓掘り人、それらが与えられた命令を厳しく実行することを宣誓した者に適用されるものである。

市長　えーと、仰ってる内容がよく分からないのですが？

秘書　民衆をワケ分からないことに慣れさせるためなのよ。分からなきゃ分からないほど、信じ込むでしょ。じゃあここにある命令書の中身を一つ一つの街で叫ばせて下さい。頭のトロい人たちにも理解させるようにね。ほら、伝令たちが来た。愛嬌のある顔してるでしょ、みんな。そのお陰で喋る言葉に説得力を与えてるのよ。

伝令たちが登場する。

市民たち　総督が逃げた、総督が逃げたぞ！

ナダ　逃げるのも奴の権利だ、みんな権利なんだよ。奴は国家なり、国家は保護されるべし。

市民たち　彼は国家だった、だ！　もうただの人間だ、だから逃げたんだ。今やペストが国家だ。

ナダ　だからなんだ？　ペストだろうが総督だろうがおんなじだ。国家は国家だ。

市民たちは出口を探しているかのようにウロウロする。伝令の一人が進み出る。

伝令・1　患者が出た全ての家のドアの中央には、半径一フィートの黒い星印が付けられる。そして次の文字が書かれる「我らはみな同志」と。この星印はその家屋が再び開かれるまで消してはならない。違反すれば法の名において厳罰に処される。

伝令・1は退場。

市民　何の法律だ？

別の市民　新しいのに決まってるさ。

コーラス　総督は言っていた、「お前たちを守ってやる」と。なのに俺たちを置いて行ってしまった。恐ろしい霧が街の隅々まで濃くなり、果実や薔薇の香りを消し去り、夏の輝きと歓びを奪ってしまった。ああ、カディス、海の街！　つい昨日まで砂漠からの風は海峡を越え、アフリカの庭々を吹き渡って来た濃密なその風は、娘たちにけだるさを与えていた。だがその風は止んだ。この街を清めてくれる唯一の風は止んだ。総督は言っていた、「決して何も起こらないのだ」と。だが違った、何かが起こったのだ。そして俺たちはこうなった。だから逃げなければ、俺たちの不幸の目の前で扉が閉まる前に、遅れずに逃げなければ。

伝令・2

基本的に最低限必要な食料は、今後当局の管轄下に置かれる。すなわち新政府に対して忠実を証明出来る市民に対してのみ、公平に最小限配給されるものである。

第一の門が閉まる。

伝令・3

全ての灯りは夜九時をもって消灯される。また例外なく公共の場所にとどまること、当局発効の通行許可証なく道路に立ち入ることは出来ない。通行許可証の発行は最小限である。また勝手な行動をとった者には発行されない。これに違反した者は全て法の名の下《もと》に厳罰に処せられる。

市民たちの声がだんだん激しく上がる。

声　城壁の門が閉まる。

声　既に閉められた。

声　いや、まだ全部ではない。

コーラス　ああ！　まだ開いている門に向かって走ろう。俺たちは海の申し子だ。海こそ俺たちの行く場所だ。そこには城壁も門もない、穢《けが》れのない浜辺、瑞々《みずみず》しい砂浜、遥かに水平線を見渡す俺たちの眼差し、さあ海の風と出会いに行こう。海へ、自由な海へ、波が全てを洗い、風が俺たちを解き放つ海へ！

多くの声　海へ！　海へ！

集団が突進して移動する。

伝令・4　全ての、感染した病人を看護することは厳重に禁止である。患者が出た場合は必ず当局に通報すること。患者の処置は当局がこれに当たる。通報は家族の者が行なうことがとりわけ望ましく、通報した場合は公民割当量と称する報酬として、通常の二倍の食料が配給される。

第二の門が閉まる。

コーラス

海へ！　海へ！　海こそ我らの救い。疫病も戦争も手出しが出来ない海！　支配者すら飲み込む海！　海は真紅の朝と緑の夜を我らに与え、夕から朝には星々に満ち溢れた長い夜をそのたゆたう限りない水でもたらす！　ああ孤独よ、塩の洗礼の砂漠よ！　たった一人海に向かい、風に立ち、太陽をみつめ、墓のように封印された街と、恐怖におののいた人間の顔から解放されるのだ。早く！　早く！　誰がこの恐怖から解き放ってくれよう？　私は真夏の季節の中で幸福だった。不変の自然と果実の香りに身を委ねた。夏は愛情に溢れていた。私は人々を愛していた。そこにはスペイン、そして私自身。でも私に波の音は聞こえない。叫び声、狂乱、ののしり、卑劣さ、汗と不安を背負った者たちにその苦悩は重すぎる。海の忘却よ、その広さ、静けさ、潮の航路が全てを覆い隠す

声　海へ！　城壁の門が閉まる前に海へ行かなくては。
声　急げ！　そいつに触るな、死人のそばに居たぞ！
声　印が現れてる！
声　どけ！　あっちへ行け！

彼等は男を殴る。第三の門が閉まる。

声　ああ！　偉大で残酷な神よ！
声　急げ！　必要な物だけ持つんだ。布団、鳥カゴ！　犬の首輪を忘れるな！　ミントの壺も。海までミントを噛みながら行くんだ！
声　泥棒！　泥棒！　俺の結婚式の刺繍入りテーブル掛けを盗られた！

みんなで泥棒を追う。捕まえる。殴る。第四の門が閉まる。

声　隠せ、俺たちの蓄えを隠すんだ！
声　俺は何も持ってない、頼む、パンをくれないか？　代わりに真珠を嵌め込んだギターをやるから。

声　ダメだ、このパンは子供たちのだ、ずうずうしいぞ。

声　有り金全部やるからパンを一切れくれ、頼む！

第五の門が閉まる。

コーラス　急げ！　開いている門はあと一つだ！　疫病は俺たちの足より速いぞ。疫病は海を嫌う。夜は静寂に包まれ星がマストの上で瞬く、そんな所ではペストに何が出来よう？　ペストは俺たちを支配し、そのやり方で俺たちを愛したいのだ。俺たちの幸福を望んでいる。でもその幸福は、俺たちの望んでいるものとは違う。押し付けられた喜びだ、冷たい凍るような人生、永遠の幸福、全てが固まり、俺たちは唇に爽やかな風を感じることも出来なくなる。

貧乏人　司祭様、俺を見捨てないでくれ、俺は貧乏なんだ。

司祭は逃げる。

貧乏人　逃げるのか！　俺を守ってくれ！　俺の世話をするのがあんたの仕事だ！　あんたを頼りにするしかねえんだ、全てを失ったんだ！

司祭は逃げ去ってしまう。貧乏人は叫びながら倒れる。

貧乏人　スペインのクリスチャンよ、お前たちは神に見捨てられたんだ！

伝令・5　（言葉を区切ってはっきり話す）いいか、これが最後の通達だ。

ペストと秘書が市長の前に居る。笑みを浮かべて祝いの言葉を交わしている。

伝令・5　人間同士の会話は感染の媒介になる可能性があり、この空気感染を防ぐために以上のことが命ぜられる。市民各々は常に口の中に酢を浸み込ませた詰め物を含むこと。これにより病気から守られ、また市民各々に慎ましさと沈黙がもたらされる。

この時から各々は口の中にハンカチを押し込み、人々の声、またオーケストラの音が減って行く。いくつかの声でコーラスが始まり、それは完全な沈黙の中で繰り広げられる。パントマイムになる直前には一人の声になる。人々の口は膨らみ、閉じられる。

最後の門が勢いよく音を立てて閉められる。

コーラス

不幸だ！　不幸だ！　我々は孤立した。ペストと我々だけになってしまった。最後の門も閉じられた！　もう何も聞こえない。これからは海も遥か彼方。今我々は苦悩の中に取り残され、この狭い街の中をただグルグル歩き回る。ここには木もない、水もない、つるつるの門には南京錠が下ろされ、泣きわめく群衆で覆いつくされる。カディスはついに黒と赤の闘牛場と化し、そこでは殺人の儀式が行なわれる。兄弟たちよ、こんな苦悩を受けるほどの罪を我々は犯していない。こんな牢獄は理不尽だ！　確かに我々は無実ではない、だが少なくとも我々は世界を、あのまばゆい夏を愛していたのだ。だから我々には救いがあってもいいはずだ！　風は止み、空には虚しさだけ！　この先長く我々は沈黙するのだ。だがその前に最後に、恐怖のさるぐつわで口を閉じられる前に、我々は叫ぶのだ、砂漠の中で。

呻き声、そして沈黙。
オーケストラの音は鐘だけが残っている。彗星のブーンという唸りが再び静かに響く。宮廷に再びペストと秘書が現れる。秘書が前に出ながら、一歩歩くごとに手帳の名前に線を引く。その度に打楽器が鳴る。ナダはニヤニヤ笑い、死人を積んだ最初の荷車が軋み音を立てて通る。ペストが装置の一番上に立ち上がってサインを出す。全ての動きと音が止まる。ペストが話し始める。

ペスト　私は支配者だ。これは事実で権利だ。そのことをとやかく言うことは許さん。諸君は順応するのだ。もっとも誤解をしてはいけない、私は支配者として私のやり方で仕事をする。これは当然のことである。諸君、スペイン人というものはいささか夢想家だ。諸君は私の外見を見て黒服の王とか派手な虫けらと思うかもしれない。諸君は悲壮な部分がないと困るのだ。よく分かっている！　だがそれは駄目なのだ。私は王杖を持たず、雰囲気はまるで下士官、それはつまり諸君の気分を害するやり方であるのだ。諸君は気を悪くするべきだからだ。さて、お分かりかな、諸君の王は汚ない爪に質素な制服、玉座には座らず仕事机だ。その宮廷は兵舎、狩猟小屋、裁判所。戒厳令は発令された。何故なら私が来た時に悲壮は去ったからだ。悲壮感は禁止だ。幸福から派生するバカげた不安ゆえの戯言《ざれごと》。くだらない恋愛をしているアホ面。景色なんかをただじっと見ること、行き過ぎた皮肉も全て禁止だ。それら全ての代わりに私は組織を作る。始めのうち諸君には抵抗があるだろう。だがしまいには理解する。良い組織というものは、悲壮感よりずっといいのだとな。この素晴らしい考えを具体的に説明しよう。まず始めに法の名によって男と女を別々にする。

衛兵が実際そのように行動する。

ペスト

不満顔はもう終わりだ。真面目こそ重要なのだ！さてもうお分かり頂けたと思う、今日ただ今から、諸君は秩序正しく死ぬことを学ぶのだ。今まで諸君はスペイン風に死んでいた。つまり成り行き任せに、あてずっぽうに。例えば暑すぎた後、急に寒くなったからとか、飼っていたラバが躓《つまづ》いたからとか、ピレネー山脈が青かったからとか、春のガダルキヴィル川は世捨て人を惹きつけるからとか、あと例えば口汚いお馬鹿が居て、そいつが論理をこねくり回して楽しんで利益や名誉のために人を殺すからだ、とかいう理由でとか、そんなことで死んでいったのだ。そう、諸君の死に方はまずかった。こっちで死ぬ、あっちで死ぬ、ベッドで死ぬ、闘牛場で死ぬ、全く好き勝手に。しかし幸いなことに、このような無秩序も今後は管理される。全ての者がリストの順序に従うのだ。諸君の名はカードに記入され、二度と気まぐれに死ぬことは出来なくなる。諸君の運命は今後、賢くなり、執行部に管理される。諸君は統計表に記載され、何かの役に立つのだ。何故ならこれは言い忘れていたが、諸君は死ぬ、これは決まりごとで、その後火葬される、感染しているからな。これは計画の一部だ。まずはスペインから！

ちゃんと死ぬためには秩序正しく、これが肝心だ！　諸君への代償として私は特別なはからいの用意がある。だが気を付けたまえ、バカげた考えや感情の爆発や、諸君の言うところの大きな反乱に至る心の中の熱狂はご法度だ。私はこうした諸君の自己満足を廃棄し、代わりにそこに道理というものを据える。私は間違ったことと不条理が大嫌いなのだ。本日をもって諸君は合理的な人間になる。つまり諸君は各々、印を持つ。股の付け根に印が出た者はただちに公に分かるよう、脇の下のリンパ節の腫れの星印が表れる。これはペストに感染したことを意味するものだ。他の者、つまり自分は関係ないと思う者たちは、日曜日に闘牛場に列を作り、感染が疑わしい人物からは遠ざかる。しかし辛いことは何もないぞ、誰でもみなリストのカードに載っているのだ。私は一人も入れ忘れることはしない。みんなが順ぐりに行き着く所へ行くのだ。

しかもこうしたこと全て、感傷の妨げにはならない。この私だって野鳥を愛し、春咲くすみれを愛し、若い娘の唇を愛する。時としてそれらは気分を爽やかにするし、確かに私も理想主義者なのだ。私の心は……いや、ちょっと感傷的になってしまった、これ以上はやめよう。要約をしておこう、私は諸君に沈黙と秩序と絶対的な正義をもたらす。礼はいらない、私は当たり前のことをしているに過ぎないのだ。だが私は諸君に積極的な協力を強く求める。私の政治が始まったのだ。

幕

第二部

カディスの広場。下手に墓地の門番小屋。上手には波止場。波止場の近くに判事の家。

幕が上がると囚人服を着た墓掘り人がいくつかの死体を引き上げている。舞台裏から荷車の軋む音。荷車は入って来て舞台中央で止まる。囚人たちが死体を荷車に積む。荷車は門番小屋へ向かう。荷車が墓地の前で止まると軍楽が流れ、門番小屋はその壁面を観客の方へ向かって開く。その形は学校の校庭の屋根付き通路に似ている。秘書が高い所に座っている。その少し下に食料配給券を配るいくつかの机。その一つの後ろに役人たちに囲まれて白い口髭をたくわえた市長。軍楽さらに強まる。一方では衛兵たちが人々を追い立て、男女別に門番小屋へ連れて行く。センターに照明。宮廷の高い場所にペストが居て、見えない労働者たちを指揮している。労働者たちの存在は観客には舞台周辺のざわめきでそれと分かる。

ペスト

さあ、お前たち早くしろ。この街では全てがのろい。お前たちは怠け者揃いだ。見るからにお前たちは暇好きだ。俺が動かないでいるのは兵舎で休む時か、行列に並ぶ時以外考えられない。そういう暇ならいいさ。何も考えず足も動かさずにいられるからな。クソの役にも立たん暇だ。

急げ！　俺の塔を建てるんだ。その塔から監視をするんだ。街の周囲に有刺鉄線を張り巡らすんだ。誰しも自分の春がある。俺の春は鉄製のっるバラだ。火葬場の竈《かまど》に火を入れろ、それは喜びの火だ！　衛兵ども！　俺が決めた家々の戸口に星印を付けろ。（秘書に）君、身分証明書のリストを作りたまえ。

ペスト、反対側へ退場。

漁師　（民衆の代弁者）身分証明書って何をするものだ？

秘書　何をする？　身分証明書なしじゃやって行けないでしょ？

漁師　そんなもんなくったって今までちゃんと生きて来たよ。

秘書　それはつまり統治国家にいなかったってことよ。でも今は違うわ。私たちの政府の大原則は常に身分証明書がいるの。パンや女房はなしで済ませても、全てを保証する正規の証明書なしでは済まないの。分かった！

漁師　我が家はもう三代も漁師をやってるけどね、そんな紙なんぞなくても立派にやって来たぜ。お天道様に誓ってもいい！

一つの声　うちは親子代々肉屋だけどさ、羊を殺すのにいちいち証明書なんざいらねえよ。

秘書　あんたたちは今まで無政府状態だったの、それだけ！　いい、私たちは何も羊を殺すのがどうとか言ってんじゃないの！　当局は帳簿の改良策を導入したの。それが私たちの優れているところよ。一斉取り締まりになった場合の当局の力をみくびらないでおいて。

市長　市長さん、申請書の用意は？

秘書　はい、ここに。

市長　衛兵、その者を前へ！

衛兵たちは漁師を前へ進ませる。

市長　（読む）苗字、名前、身分。

秘書　ああ、そこは後で本人に書かせて。

市長　クリクルム・ヴィタエ（基本情報）。

漁師　あん？　なんだそりゃ？

秘書　ここにあなたの人生の大事な出来事を書き込むの。お互いが知り合う方法よ！
漁師　俺の人生は俺のもんだ。俺の私生活は誰にも関係ねえ。
秘書　私生活！　そんな言葉は私たちには意味がないの。これはね、当然あなたの公的な生活って意味よ。大体ね、今後許されるのは公的な生活だけなの。市長、詳細の質問を。
市長　結婚は？
漁師　三十一年。
市長　結婚した動機は？
漁師　動機！　なんだそりゃ、あったまに来るなあ！
秘書　文書の決まりなのよ。一個人ではなく公人、つまり公の人間になるためのいいやり方なの。
漁師　男に生まれたからには結婚する、だから俺は結婚した。
市長　離婚したのか？
漁師　いや、死別だ。
市長　再婚は？

漁師　してねえ。
秘書　何故？
漁師　（怒鳴る）女房に惚れてたからさ！
秘書　変わってる！　どうして？
漁師　そんなことまで説明しなきゃいけねえのかよ？
秘書　そうよ、組織化された社会ではね。
市長　前科は？
漁師　何だって？
秘書　何かの罪で有罪になったことある？　窃盗とか偽証とか、婦女暴行とか。
漁師　ねえ！
秘書　実直な人間なのね、思った通りだったわ！　市長、書き添えて下さい、要注意って。
市長　市民としての意識は？
漁師　俺はいつだって街の連中に良くしてきたよ。貧乏人が俺んとこへ来たら必ず魚を持たせてやってるしさ。
秘書　そういうことを聞いてんじゃないのよ。

市長　あ！　私から説明いたしましょう！　市民意識というのは私の領分です。（漁師に）いいかね君、君に聞きたいのは、今現在ある規律がだね、ただそこに存在する規律だから、という理由だけでその規律を守ることが出来るかってことだ。

漁師　えーと、ああ、そいつが正しくって道理をわきまえたことだったらな。

秘書　疑わしい！　市長、これも書き添えて、市民意識は疑わしいって！　じゃ、最後の質問をして。

市長　（やっとのことで判読する）存在理由（レゾン・デートル）は？

漁師　あん……？　クソッタレ、何だそりゃ、チンプンカンプンだバカヤロー。

秘書　その意味はね、あなたが人生において生きてることの理由は何かってことよ。

漁師　理由！　んなもん分かってたまるか！

秘書　やっぱりね。市長、ちゃんと書き留めてね。この人は自分の存在を正当化出来ないと。お陰でいざとなったらこちらの思うように処分を下せるわ。（漁師に）ねえ、あなた、分かるでしょうけど、あなたに公布される身分証明書は結局、仮りのものになりますよ。

漁師　仮りのだろうが何だろうがとにかくくれよ。俺は家に戻らなきゃなんねえんだ。家族が待ってるし。

秘書　もちろんです！　でもまずその前に健康証明書の提示をして下さい。健康証明書はいくつかの手続きの後公布されます。二階の事業部、待機事務所の補佐のセクションへ行ってね。

漁師は出て行く。この間に死体運搬の荷車が現れ、墓地の前に止まると死体を下ろし始める。しかしナダは酔っ払って叫びながら荷車から飛び降りる。

ナダ　おい、俺は死んじゃいねえぞ！

みんなは彼を再び荷車に戻そうとする。ナダは逃げ出して門番小屋に入る。

ナダ　何だってんだ！　死んでるか生きてるか、見りゃ分かるじゃねえか！　おっと！　失礼！
秘書　いいのよ、こちらへいらっしゃい。
ナダ　あいつら俺を荷車へ積んだんだ。俺はただ飲み過ぎただけなのにさ！　抹殺ってワケだ！
秘書　抹殺って何を？
ナダ　何でもだよ、姉さん！　抹殺すりゃするほど物事はうまくいく。もし全て抹殺しちまえば、そいつぁ天国さ！　恋人たち！　でえッ嫌えなんだ！　俺の目の前を通ったら唾をひっかけてやる。奴らの背中にさ、もちろん。だって仕返しされたらイヤだからね！　ガキ、みーんな汚ねえ！　花なんて全部バカ面だ。川、ただ流れるしかねえバカの一つ覚え！　あ〜抹殺だ、抹殺しちまえ！　そいつが俺の哲学だ。神が世界を否定するなら俺は神を否定してやる！　この世は無、何も無し。虚無よ万歳！　何故ならそれだけが確かに存在してるんだ！
秘書　で、どうやって抹殺するの？
ナダ　酒を飲む、くたばるまで飲む。そうすりゃ全て消えてなくなる！
秘書　まずいやり方ね！　私たちの方法が最適よ！　あなた名前は？

ナダ　無し。

秘書　え？

ナダ　無し。

秘書　名前を聞いてるのよ。

ナダ　無し、それが俺の名前。何にも無し。難しく言うと虚無。スペイン語でナダ。

秘書　あーら、そうなの！　そういう名前だったら私たちと一緒に出来ることがあるわ！　ちょっとこっち側へいらっしゃい。あんたはね、この国の役人になるのよ。

漁師が入って来る。

秘書　市長さん、我々の仲間の「何にも無し」さんに色々教えてあげて。その間に衛兵さんたちはバッジを売って下さい。

秘書はディエゴに近付く。

秘書　こんにちは。バッジをお買いにならない？
ディエゴ　何のバッジですか？
秘書　我々の支配者ペストのバッジです、もちろん。（間）もっともお断りになるのもご自由ですわ、義務ではありません。
ディエゴ　じゃあお断りします。
秘書　いいでしょう。（ヴィクトリアの方に行く）あなたは？
ヴィクトリア　私、あなたを知りません。
秘書　そうね。私はただお伝えしたいの、このバッジを付けるのがおイヤなら別のを付ける義務があるって。
ディエゴ　別のって？
秘書　つまりね、バッジを付けることを拒否したってことが分かるバッジよ。そうすれば一目で相手がどんな人か分かるでしょ。
漁師　失礼ですがね……
秘書　（ディエゴとヴィクトリアの方へ振り向いて）じゃ、またね！（漁師に）何ですか、また？

漁師　（怒りが高まって行く）今二階に行って来たんだけどね、こう言われたよ、まず一階に戻って身分証明書をもらってから戻って来いって。身分証明書なしじゃ健康証明書は発行出来ねえって！

秘書　もっともだわね！

漁師　何がもっともだと？

秘書　そう、それはね、この街が管理され始めたってこと。私たちの信条はね、あなた方はみな有罪だってこと。生まれつき支配されたという罪を背負ってるの。あとはあなた方自身が自分で有罪だと感じるべきなのよ。でもあなた方はへとへとに疲れない限りは自分が有罪だとは思えないの。だからね、私たちが疲れさせてあげるのよ。疲れで死にそうになったら、あとはひとりでにうまく行くの。

漁師　とにかくさ、そのクソッタレ身分証明書はもらえんのかよ？

秘書　原則としてはノーよ。何故なら身分証明書を受け取るためにはまず健康証明書がなくてはダメだからよ。おそらく解決方法はないわ。

漁師　んじゃどうすれば？

秘書　まあこちらの気まぐれに頼るのね。でも気まぐれで発行されてもそれは短期間になるわ。特別な計らいで身分証明書を発行してあげても、それって有効期限は一週間よ。一週間後にまた考えるのよ。

漁師　考えるって何を？

秘書　あなたの身分証明書期限を更新する余地があるかどうか考えるの。

漁師　もし更新出来なかったら？

秘書　あなたの身分証明書はなくなるわ。おそらく抹消の手続きがなされるでしょう。市長さん、この人の証明書を十三部作らせて。

市長　十三部？

秘書　そう！　一部は本人に、十二部は事務処理用に。

舞台センターに照明。

ペスト　無駄な大工事を始めさせろ。（秘書に）君、強制収容者を集める準備をしたまえ。充分な労働者を集めるために急いで無実の者も有罪にするんだ。重罪人は即、収容所に送れ！　必ず人手が足りなくなるぞ！　調査の進行具合は？

秘書　今やってます、順調です。みんな真面目でこちらの言うことを理解しているようです。

ペスト　君って人はすぐ同情する傾向があるね、他人に理解されたいという気持ちがあるんだ。そりゃ、この仕事には邪魔な感傷だよ。君の言う真面目な奴らってのは当然ながら何も理解なんぞしてないんだ、だがそれはどうでもいい！　最も重要なことは奴らが理解することではなく、実行することなんだ。お！　これはなかなかセンスのいい表現だったな、そう思わんか？

秘書　どの表現ですか？

ペスト　「実行する」だ。実行する、自ら実行する！　な！　いいキャッチフレーズだ！

秘書　ホントに素晴らしい！

ペスト　素晴らしい！　この言葉には全てが含まれる！　実行のイメージはまず死刑だ、ほろりとする。で、これは自らの処刑に進んで協力するという考え方だ、それこそ良き政権の目的であり、政治体制の強化につながるのだ。

舞台奥でざわめき。

ペスト　何だ？

女たちのコーラスが騒いでいる。

秘書　女たちが騒いでるんです。

女たちのコーラス　この人が言いたいことがあるって。

ペスト　前へ出ろ。

一人の女　(前へ出て) 私の夫はどこ？

ペスト　おお、そうなのか！　こういうのが人間的感情ってもんだな！　お前の夫に一体何があったんだ？

一人の女　家に帰って来ないんです。

ペスト　なんだそんなことか。心配いらない。どっかのベッドにもぐり込んでるさ。

一人の女　主人は真面目で体面を重んじる人です。
ペスト　なるほど模範亭主か！　（秘書に）君、ちょっと調べてあげなさい。
秘書　苗字と名前は？
一人の女　ガルベス、アントニオ。

秘書は手帳を見てからペストに耳打ちする。

秘書　大丈夫！　彼は無事ですよ、ご安心を。
一人の女　どこにいます？
秘書　お城に！
ペスト　そうだ、他の何人かとうるさく騒いでおったので、強制収容所に送った。
だが命は取っておらん。
一人の女　（後ずさって）あなた、その人たちに何をしたの？
ペスト　（ヒステリックに激怒して）あいつらを一か所に集めたんだ。これまであいつらはバラバラで軽薄な奴らでフラフラしとった！　だが今は前よりしっかりして来たぞ、一か所に集まったことでな。

女はコーラスの方へ逃げる。コーラスは開いて女を迎え入れる。

一人の女　ああ！　ひどい！　私はつらいわ！

コーラス　ああ！　ひどい！　私たちはつらいわ！

ペスト　うるさい！　生きてるなら何かしろ！　何かするんだ！　仕事しろ！（夢見るように）やるんだ、働くんだ、精神を集中しろ、規則というものはいいものだ、全ての役に立つ！

照明が速い速度でナダと市長が座っている門番小屋に入る。ナダの前に陳情者の行列。

一人の男　生活費が上がってとっても今の給料じゃやっていけないんです。

ナダ　分かっている、だから新しい給与表を作った。ちょうど作成し終わったものだ。

一人の男　何パーセントのアップですか？

ナダ　分かりやすいぞ！（読んで）給与表第百八号。各職業共通の給与引き上げと、後述の基本給の廃止と変動的段階の基本給無条件自由化、これは従って、予定された給与最高額に合致することとなり得る。但し給与表第百七号により、協定で承認された段階では本来の方式を除いて算定され、給与体系の改編においてはまず基本給が廃止される。

一人の男　えーと……つまり給料はどれくらい上がるってことですか？

ナダ　それはもっと後の話だ。本日はまず給与表、表の中での話だ、分かったか？

一人の男　その給与表とやらは何してくれるんだ？

ナダ　（怒鳴る）知るか！　次！

別の男が来る。

ナダ　商売を始めたい？　確かにいい思い付きだな。よろしい！　この申請書に書き込んで、指をインクに付けてここに押す。よし。

別の男　どこで拭いたらいいんで？

ナダ　どこで拭く？（書類のページをめくって探す）どこにもない。規定の中に書いてない。

別の男　でもこれじゃ困るよ。

ナダ　そんなこたないさ、どうせ女房にも触《さわ》れやしないんだ、どうってことないだろ。それにお前の場合にはいいことだよ。

別の男　いいって何が？

ナダ　ああ。お前が恥をかくのがいいことなんだ。ところで商売の話に戻ろう。お前はどちらの適用を受けたいかな、第二百八項六十二条十六号通達に関わる一般規定第五か、第二百七項二十七条十五号通達に関わる特別規定か？

別の男　けど、俺それのどっちも知らねえよ。

ナダ　もちろんだとも！　知るワケがない。俺だって知らない。だがとにかく決めなきゃいけないんだ。じゃあ両方いっぺんに適用してやろう。

別の男　そりゃありがたい。礼を言うよ、ナダ。

ナダ　礼なんていいさ。というのはどうやらこの規約の一方は、お前に店を持つ権利を許可してるんだが、もう一方のほうは物を売る権利はないとなってるんだ。

別の男　なんだそりゃ？

ナダ　これが規律ってもんだ！

一人の女が来る。取り乱している。

ナダ　どうした？

女　家を接収されたんです。

ナダ　そうか。

女　で、そこに役所を設置されました。

ナダ　自明のことだ！

女　私は道に放っぽり出されました。で、彼等は住居を与えてくれるって。

ナダ　分かったろ、ちゃんと考えてくれてるって。

女　そうですけど、申請を提出して経過を待たなきゃいけないって。その間、うちの子供たちは道でウロウロしてないと。

ナダ　それならなおさら申請すべきだ。この用紙に書き込んで。

女　（その書類を手にして）書き込んだら早くやってもらえます？
ナダ　緊急証明書を提出すれば早くなるかもしれない。
女　何ですって？
ナダ　あんたが通りに放り出されるってことは、緊急事態だっていうことを証明する書類だよ。
女　私の子供たちは外にいるんですよ、これ以上緊急なことはないでしょ？　あの子たちに住まいをくれて当然じゃない。
ナダ　あんたの子供たちが通りにいるだけじゃ住まいはくれないよ、あんたが証明書を提出すりゃくれるよ。それとこれとは問題が違うだろ。
女　そんな物言い、聞いたことないわ。悪魔ならそんな喋《しゃべ》り方するでしょうけど、誰も理解出来ない！
ナダ　そうなんだよ。ここではね、言ってみればみんなが同じ言葉を喋っていても誰もお互いに理解し合えないんだ。で、くれぐれも言っておくが、我々は完璧な瞬間に近付いているんだ。つまりみんなで喋っているのに誰もそれに反応しない、この街の中で二つの敵対し合っている言葉が互いを破壊し合い、その執拗さは最後の沈黙と死の成就に向かって進むしかないんだ。

女　正義というものは（ここからナダと同時に喋る）子供たちがお腹いっぱい食べて、寒さを感じないこと。正義というものは私の子供たちが生きて行くということ。私があの子たちを産んだ時、この世は喜びに満ちていた。海の水はあの子たちの洗礼の水を与えてくれた。あの子たちにそれ以外の贅沢はいらない。私があの子たちのために求めるものは日々のパンと、貧しい者たちの安らかな眠りだけ。けれどたったそれだけのものですらあなた方が拒否する。もしあなた方が不幸な者たちのパンすら拒否するなら、どんなにそそられる飾り立てられた言葉も魅惑的な約束事も私は信じない、許さない。

ナダ　立ったまま死ぬよりも（ここから女と同時に喋る）ひざまづいて生きることを選ぶんだ。世界が絞首台の定規で測った秩序を見出すために。そしてその世界は静かな死人と、これからは行儀の良い蟻とを分けて、草原とパンを失った清教徒の天国になる。巨大な翼を付けた警察の天使たちが様々な書類や申請書で腹一杯の幸福な人々の間を行き交い、全てのものを破壊した者たちで飾られた神の前にひざまずかせる。そして確固た

郵便はがき

料金受取人払郵便

牛込局承認

5362

差出有効期間
令和６年12月
４日まで

162-8790

東京都新宿区
早稲田鶴巻町五二三番地

株式会社 藤原書店 行

（受取人）

ご購入ありがとうございました。このカードは小社の今後の刊行計画および新刊等のご案内の資料といたします。ご記入のうえ、ご投函ください。

お名前	年齢
ご住所 〒 TEL　E-mail	
ご職業（または学校・学年、できるだけくわしくお書き下さい）	
所属グループ・団体名　連絡先	
本書をお買い求めの書店 市区郡町　書店	■新刊案内のご希望　□ある　□ない ■図書目録のご希望　□ある　□ない ■小社主催の催し物案内のご希望　□ある　□ない

書名

読者カード

●本書のご感想および今後の出版へのご意見・ご希望など、お書きください。
（小社PR誌『機』「読者の声」欄及びホームページに掲載させて戴く場合もございます。）

■本書をお求めの動機。広告・書評には新聞・雑誌名もお書き添えください。
□店頭でみて　□広告　□書評・紹介記事　□その他
□小社の案内で　（　）（　）（　）

■ご購読の新聞・雑誌名

■小社の出版案内を送って欲しい友人・知人のお名前・ご住所

お名前　ご住所　〒

■購入申込書（小社刊行物のご注文にご利用ください。その際書店名を必ずご記入ください。）

書名　冊	書名　冊
書名　冊	書名　冊

ご指定書店名　住所

都道府県　市区郡町

る忠実さでひどく心地良い古い世界の妄想を吹き払うのだ。

ナダ　（二人の台詞）虚無よ万歳！　もう誰も互いに理解し合うことは出来ない。我々は完璧な瞬間にたどり着くのだ。

舞台センターに照明。小屋、有刺鉄線、監視塔など敵意を持った建造物が見える。仮面を付けたディィエゴが現われる。彼の様子は追われる者のようである。ディエゴはそれらの建造物と人々、そしてペストに気付く。

ディエゴ　（コーラスに問いかける）スペインはどこへ？　カディスはどこへ？　こんな景色はどこの国でもない！　僕等は人の住めない、生きられない、どこか別の世界にいるんだ。みんな何故黙っている？

コーラス　怖いからさ！　ああ！　風さえ吹いてくれたら……

ディエゴ　僕だって怖い、でも怖くて叫ぶほうがいい！　叫べ、そうしたら風が応えてくれる。

コーラス　かつて俺たちは市民だった。今ではただの塊だ！　かつて俺たちは招待された。今では召集される！　かつて俺たちはパンやミルクを分け合った。今では全て配給だ！　足を踏み鳴らそう！（足を踏み鳴らす）足を踏み鳴らしながら思う、誰も、誰一人、誰かのために出来ることはない。ただひたすら列に並んで自分の番を待つだけだ。叫んでどうなる？　俺たちの女房は、俺たちを欲望で喘《あえ》がせたあの花のような顔ではなくなった。スペインはもうない！　足を踏み鳴らそう！　踏み鳴らそう！　ああ、苦しみよ！　俺たちが足を踏み鳴らして踏んでいるのは他ならぬ俺たち自身だ！　この閉じ込められた街の中で息が詰まる！　ああ！　風さえ吹いてくれたら……

ペスト　よろしい、分別というものが分かったな。ディエゴ、こちらへ来い、お前にも今やっと分かったろう。

空中に抹殺の音。

ディエゴ　僕等は無実だ！

ペストは大笑いする。

ディエゴ　（叫んで）無実だ！　おい冷血漢、分かるか、無実なんだ！
ペスト　無実！　知らんね、そんなこたあ！
ディエゴ　じゃあこっちへ来い。決めるんだ、どちらか強い方が相手を殺す。
ペスト　強い方か、そりゃ俺だ、無実君。さあ見ろ。

ペストは衛兵たちに合図する。衛兵たちはディエゴに近寄る。ディエゴは逃げ出す。

ペスト　追え！　逃がすな！　逃げる奴はこっちの自由にしてやる！　奴に印を付けろ。

衛兵たちはディエゴを追って走る。舞台装置の上で追跡のパントマイム。ホイッスル。警報のサイレン。

コーラス　奴は走る！　恐怖を口にしたからだ。自制心を失いバカげた真似をした！　俺たちは聞き分けが良くなった。俺たちは服従する。だが役所の静寂の中から長く抑えた叫びが聞こえる。それは切り離された心の叫び、その叫びは俺たちに、午後の太陽の下の海や、夜の葦の茂みの香りや、女房たちのみずみずしい腕を思い起こさせる。俺たちは表情を封印され、行動を限られ、時を管理される。だが俺たちの心は黙っていない。俺たちの心は名簿や登録簿や果てしなく続く塀を、窓に嵌《はま》った格子を、夜明けに立ち並んだ銃殺者を拒否する。俺たちの心は我が家を目指して遠ざかって逃げて行くあの若者と同じように拒否する、亡霊と数字で出来ているこの街を逃げて、隠れ場所を見つけるのだ。しかし唯一の隠れ場所は海だ。塀で俺たちから遮られた海だけだ。風さえ吹いてくれたら俺たちもやっと息がつけるのに。

ディエゴは実際、ある家に飛び込む。衛兵たちはドアの前で止まり、そこで見張りの配置に付く。

ペスト　（喚《わめ》いて）奴に印を付けろ！　奴らみんなに印を付けろ！　奴らは喋らな

くとも少しは聞こえているんだ！　奴らにもう抗議は出来ん。だが奴らの沈黙は耳障りだ！　奴らの口を押し潰せ！　さるぐつわをはめて。我々のスローガンを叩き込め、奴らが常にそれを繰り返すようになるまで、奴らが我々の必要とする忠実な市民になるまで。

舞台の天井からまるでスピーカーを通したような振動する大きな音で無数のスローガンが降って来る。それは繰り返されるにつれて拡大し、口を閉じているコーラス隊を圧倒して辺りを完全な沈黙が支配するまで続く。

ペスト

ただ一つの〔一人の〕ペスト〔病気のペストか支配者のペストか不明〕！　唯一の民衆！　集まれ、実行しろ、働け！　一つの〔一人の〕ペストは二つの自由より価値がある！　収容所に送れ、拷問しろ、そうすればいつも何かが残る！

照明、判事の家にイン。

ヴィクトリア　だめよお父様。病気に感染したからって、年老いた婆やを引き渡すなんて。あの人は私を育ててくれたんだし、不平一つ言わずにお父様に尽くしてきたのよ。

判事　俺が一旦こうと決めたことだ、誰にも口出しはさせん。

ヴィクトリア　お父様に全てを決めることは出来ないわ。他人の苦しみにも権利はあるのよ。

判事　俺の役目はこの家を守ること、そして災いや病気がこの家に入り込むことを防ぐことだ。俺は……

突然ディエゴが入って来る。

判事　誰がここに入っていいと言った？

ディエゴ　恐怖のあまりここへ駆け込みました！　ペストの奴から逃げて来たんです。

判事　ペストからは逃げられん。それに君はそれを持ち込んだじゃないか。

彼はディエゴの脇の下に付いた印を指さす。沈黙。二、三のホイッスルが遠くで鳴る。

判事　この家から出て行け。

ディエゴ　お願いです！　もしここを追い出されたら、奴らは僕を他の連中と一緒にするでしょう。そうすれば死人が増えるだけです。

判事　私は法に仕える者だ、君を受け入れるワケにはいかん。

ディエゴ　あなたは昔の法に仕えていたんだ、新しい法に仕える必要はない。

判事　確かにペストが行なう法には仕えていない、だが今や彼自身が法なのだ。

ディエゴ　でもその法律自体が犯罪だとしたら？

判事　もし犯罪が法律になったのだとしたら、それはもう犯罪ではなくなるのだ。

ディエゴ　もしそうなら美徳を罰しなければいけなくなる！

判事　そうだ、罰しなければならん。実際に美徳が不遜にも法をとやかく言ったりしたらな。

ヴィクトリア　お父様、あなたを動かしているものは法律ではないわ。お父様は怖がっているだけよ。

判事　この男だって怖がっている。

ヴィクトリア　でもこの人はまだ何も裏切ったりしてないわ。

判事　裏切るさ。全ての人間は裏切るんだ。何故ならみんな怖いからだ。みんな怖がっている、何故なら純粋な人間などいないからだ。

ヴィクトリア　お父様、私はこの人のものよ、あなたは承諾なさったでしょう。昨日そうなさったのだから、今日になって私をこの人から引き離すことなんて出来ないわ。

判事　俺は結婚を承諾したんじゃない、お前が家を出ることを承諾したんだ。

ヴィクトリア　お父様が私を愛していないこと、前から分かっていたわ。

判事　（ヴィクトリアを見つめて）俺は全ての女にぞっとするんだ。

誰かが乱暴にドアを叩く。

判事　何だ？

衛兵　（外で）この家は封鎖する、容疑者を匿《かくま》っているからな。全ての住人は監視下に置かれる。

ディエゴ　（大声で笑う。判事に）法律は全く正しい、あなたもご存知の通り。でもこの法律はやや新しいもので、あなたもその中身をちゃんと知らなかった。起訴された挙句、共犯になった判事殿、これで僕たちみんな兄弟だ！

判事の妻と息子と娘が入って来る。

妻　ドアをバリケードで塞がれたわ。

ヴィクトリア　この家は封鎖されたのよ。

判事　この男のせいだ。今からこいつを告発してやる。そうすれば奴らはドアを開けるさ。

ヴィクトリア　お父様、名誉をお持ちならそんなこと出来ないはずよ。

判事　名誉とは男にのみ関わることだ。だがこの街にもう男は一人もいない。

ホイッスルが聞こえる。走る音が近付いて来る。ディエゴはそれを聞き、動転してあちこちを見回すと、いきなり息子を捕まえる。

ディエゴ 見ろ、法の番人さん！　もしちょっとでも動いたら、あんたの息子の口をこのペストの印に押し付けてやるぞ。

ヴィクトリア ディエゴ、それは卑怯よ。

ディエゴ 卑怯者の街ではこっちも卑怯になってやる。

妻 （判事の方へ走り寄り）言うことを聞いて、カサド！　この気違いの言う通りにして。

娘 そんなことをしてはダメよお父様、私たちには関係ないことなんだから。

妻 この子の言うことに耳を貸さないで、弟を憎んでるんだから。

判事 この子が正しい。俺たちには関係のないことだ。

妻 あなたもなのね、あなたも私の息子を憎んでるんだわ。

判事 お前の息子、確かにそうだな。

妻 ああ！　以前許したことを蒸し返すのね、なんて人。

判事 許した覚えはない。法に従って公にはその子の父親になっただけだ。

ヴィクトリア 本当なの？　お母様。

妻　お前も私を軽蔑してるのね。

ヴィクトリア　いいえ、でも全てのことが一度に崩れて。心がぐらついてるの。

判事がドアの方へ一歩行く。

ディエゴ　心はぐらついても法律はこちらの味方だ、そうでしょ、判事さん。みんな兄弟なんだ！（息子を自分の前に立たせる）君もだ、君に兄弟のキスをしてやろう。

妻　待って頂戴、ディエゴ、お願い！　心まで石のように固くなったこの人のようにならないで。でもきっとこの人、心をほぐしてくれるから。（ドアの方へ走り、判事の行く手を塞ぐ）あなた、ディエゴの言う通りにして下さるわね？

娘　何故言う通りにしなきゃいけないのよ、長男ヅラしてるこんな私生児のために！

妻　お黙り！　あんたこそ弟を妬むことでいっぱいで心がねじ曲がっているのよ。（判事に）でもあなたは老い先が短いわ、この世で妬むものなんかないでしょう、求めるものは眠りとやすらぎだけよね。もし今間違ったことをすれば、あなたは孤独なベッドで一人、眠れぬ夜を過ごすことになるのよ。

判事　法が私の味方だ。法が私に安眠をくれる。

妻　あなたの法律なんかクソくらえよ。私には権利がある、愛する者同士が引き離されない権利、罪を許される権利、そして罪を悔いた者は尊敬される権利！　そうよ、あなたの言う法律なんかクソくらえよ。じゃあ聞きますけど、例の大尉から決闘を申し込まれて卑怯な言い訳をして逃げた時、徴兵逃れのために自分で不正行為をした時、雇い主からひどい目に遭った若い娘の弁護をすることと引き換えに、ベッドへ誘った時、その全部の時、あなたは法の側に立っていたって仰るつもりですか？

ヴィクトリア　お母様！

妻　いいえ、ヴィクトリア、私は黙らないわ。今までずっと我慢してきたの、自分の名誉のためと神への愛のためにね。でももう名誉なんかいらない、それにこの子の髪の毛の一本の方が私にとっては神様より大事なの。私は黙らない。そして少なくともこれだけは言わせてもらう、あなたには権利なんて何もないわ、権利というものはね、聞いてる？　カサド、権利というものは、苦しんで、呻いて、それでも希望を捨てない人たちのものよ。計算高くてお金を貯めこむ輩のものじゃあないの。

この台詞の間にディエゴは息子を放す。

娘　お母様の言い分は不倫した人の権利ねえ。

妻　（叫んで）私は自分の過ちを否定しないわ、それどころか世界中に叫んで知らせたいぐらい、私はこの惨めさの中で知ったの、肉体には肉体の過ちがある、けれど心にも心の罪があることを。愛の熱情の中での行為は憐れみを受ける資格があるはずよ。

娘　そうね、牝犬への憐れみだわ！

妻　そうよ！　牝犬にはお腹があるの、快感を知り、そして妊娠するためのね。

判事　いい加減にしないか！　とにかく俺はこのトラブルを起こしたこいつを密告する。二つの理由からな、一つは法、一つは嫌悪だ。

ヴィクトリア　(判事に) 哀れな方ね、とうとう本音を仰った。今まで憎しみの心だけで人を裁いておきながら、それを法という名で飾り立てて来たのよ。あなたの口から出ると、素晴らしい法律も汚いものになるわ。何も愛したことのない、すえた、臭いその口。ああ、嫌悪で息が詰まりそう！　さあディエゴ、私たち全員を胸に抱いて、そして一緒に腐りましょう。でもこの男だけは生かしておいて。この人には生きることそのものが処罰なんだから。

ディエゴ　待ってくれ。みんながこんなことになるのを見るなんて、僕は恥ずかしい。

ヴィクトリア　私だってよ。私だって恥ずかしくて死にたいくらい。

ディエゴは不意に窓から飛び出す。判事も窓に駆け寄る。ヴィクトリアは隠し戸から逃げる。

妻　とうとうその時が来たのよ、ペストのおできを潰して膿《うみ》を出す時が。私たちだけじゃないわ、街中の人が同じ熱病にかかっているのよ。

判事　この牝犬！
妻　偽善者！

暗転。

門番小屋に照明。ナダと市長が出かける支度をしている。

ナダ　全地区の指揮官に地域住民に投票させるよう命令が出た。新政府を支持するための投票だ。
市長　そいつは簡単には行きませんよ。中には反対投票する者がいる可能性があります。
ナダ　いや、正しい原則に従えば大丈夫だ。
市長　正しい原則というと？
ナダ　正しい原則とはつまり、投票は自由ということだ。つまり政府にとって好都合な票のみが自由意思のもとに表明されたものとみなされるワケだ。その他の票は選択の自由を秘密裡に拘束された可能性があるから、それらを振るい落とすために特別の方法で割り引く。つまり除去される三分の一の票に比例して、政党混合形式の連記投票数で割る。分かりやすいだろう？

市長　分かりやすい……ような、分かる気がする、というような。

ナダ　あんた大したもんだよ市長さん。だが分かろうと分かるまいと、これだけは忘れちゃいかん。この方法の必然的な結果として、政府の反対票は絶対に無効としなければならんということだ。

市長　でも、さっき投票は自由だって言いましたよね？

ナダ　実際自由さ。ただ我々は反対票は自由な投票ではないという原則から出発するんだ。反対票は感情的な票であり、情熱とか熱狂とかと繋がっているものだからな。

市長　なるほど考え付きませんでした！

ナダ　それはだね、あんたが自由というものに対して正しい見解を持っていなかったということだよ。

舞台中央に照明。ディエゴとヴィクトリアが走りながら舞台前面に出て来る。

ディエゴ　僕は逃げ出したいよ、ヴィクトリア。もう自分のなすべきことが何なのか分からなくなった、分からないんだ。

ヴィクトリア　私から離れないで。あなたのすべきことは、愛する者のそばに居ることよ、しっかりして。

ディエゴ　けど僕は君を愛するために自分のプライドを捨てないといけない。

ヴィクトリア　何故そんなこと思うの？

ディエゴ　だって君はいつもとても強いんだもの。

ヴィクトリア　いや！　そんな言い方。だって私たちは愛し合ってるのよ、私はともすればあなたの前に倒れて自分の弱さをさらけ出しそう。あなたの言うことは間違ってる。私は強くなんかないわ。私は弱いの、弱いのよ、すぐにもあなたに身を任せられるほど。誰かがあなたの名前を口にしただけで胸が熱くなったあの頃、あなたの姿が見えただけで心の中に「私の神！」という声が聞こえたあの頃。そう私は弱いの、自分の弱さで死にそうよ。もし私がまだかろうじて立っていられるとしたら、それはあなたへの愛情のほとばしる力がそうさせるの。もしあなたがいなくなったら私は力が抜けてくずおれてしまう。

ディエゴ　ああ！　せめて君と結ばれたら、腕も脚も君とからませて果てしない眠りの深みまで落ちて行けたら！

ヴィクトリア　そうしてちょうだい。

二人はゆっくりお互いに歩み寄る、目を合わせたまま。まさに二人が抱き合おうとした時、秘書が現れて二人の間に分け入る。

秘書　何してるの？

ヴィクトリア　（叫んで）恋よ、決まってるでしょ！

空中ですさまじい音。

秘書　シーッ！　口に出してはいけない言葉があるのよ、その言葉は禁じられてるの。見てごらんなさい。

彼女はディエゴの脇の下を打つ、すると二つ目の印が現れる。

秘書 今までは疑わしかっただけ、これで完全な感染者の仲間入りよ。（ディエゴをじっと見て）残念ねえ、イイ男なのに。（ヴィクトリアに）ごめんなさいね。でも私、女より男の方が好きなの、男たちと絆で結ばれてるのよ。おやすみ。

秘書は去る。

ディエゴ ああ！　君の美しさを憎む。君は僕の死後も生きるんだ。他の誰かになんか渡したくない！（ヴィクトリアをきつく抱く）ほら！　これで僕は一人じゃない！　君の愛も僕と一緒に腐って行くんだ。

ヴィクトリア （もがいて）痛いわ！　離して！

ディエゴ ああ！　君は怖いのか！（気違いのように笑い、彼女を揺さぶる）あの愛の黒い馬たちはどこへ行った？　幸せな時は愛していても、いざ不幸が訪

ヴィクトリア　れると馬は尻尾を巻いて逃げて行くのか！　頼む、僕と一緒に死んでくれ！
死ぬわあなたと、でもこんなあなたとはイヤ！　そんな恐怖と憎しみにゆがんだ、そんな顔のあなたとは！　私を離して自由にして、そしてかつてのあなたの優しさを見せて、そうしたら私の心はあなたに話しかけるわ。

ディエゴ　（半ば離して）僕は一人で死にたくないんだ！　なのにこの世で一番愛しい人が僕から離れて僕と一緒に行くことを拒むんだ！

ヴィクトリア　（ディエゴに身を投げて）ああ！　ディエゴ、私は地獄にだって付いて行くわ！　やっといつものあなたに戻った……私の脚はあなたの脚に触れ合ってこんなに震えてる。キスして、身体の奥から湧き上がって来るこの叫びをかき消すために、今にも私は叫びそう、今にも……ああ！

ディエゴは無我夢中にヴィクトリアにキスをすると急に身を振りほどき、震えている彼女を舞台中央に残す。

ディエゴ　僕を見て！　大丈夫、大丈夫、君には付いてない！　何の印も現れてない！　こんな気違い沙汰は続くもんか！

ヴィクトリア　こっちへ来て、私寒くて震えているわ！　さっきはあなたの胸が私の手を焦がし、私の身体中の血は炎のように駆け巡っていた！　でも今は……

ディエゴ　だめだ！　一人にしてくれ、僕はこの苦しみを見ないふりは出来ない。

ヴィクトリア　戻って来て！　他のことは何も望まない、ただあなたと同じ熱病に燃え尽きて叫びながら同じ傷に苦しみたいの！

ディエゴ　だめだ！　今から僕は同じ印を身体に持つ連中と一緒になる！　彼等の苦しみは僕を怖れさせ、僕は今まで嫌悪感で一杯で押し黙っていた。でもついに僕はみんなと同じ不幸の身になったんだ。彼等が僕を必要としている。

ヴィクトリア　もしどうしてもあなたが死ぬのなら、私はあなたの身体を覆いつくすお墓の土までが妬ましい！

ディエゴ　君はそちら側にいるんだ、生きるんだ！

ヴィクトリア　私はあなたといられるわ、もしあなたがただ長い長いキスをしてさえくれれば！
ディエゴ　あいつらは恋を禁じたんだ！　ああ！　君を失うなんていやだ、どうしてもいやだ！
ヴィクトリア　私もいや！　いやよ！　あいつらの企みが分かったわ、あいつらは恋することを不可能にするために全ての手筈を整えたのよ。でも私は負けないわ。
ディエゴ　僕は勝てそうもない。でもこんな敗北って、君と別れるなんて！
ヴィクトリア　私は負けない！　私は自分の愛しか信じない！　何も怖くない、たとえ空が崩れ落ちて来ても、私はあなたの手を握って叫びながら倒れて行く。私は幸せだって叫びながら。

叫び声が聞こえる。

ディエゴ　他の人たちも叫んでる！
ヴィクトリア　私は死ぬまでつんぼになったの！
ディエゴ　見ろ！

死体を積んだ荷車が通る。

ヴィクトリア　私はめくらになったの！　恋に目がくらんだのよ。

ディエゴ　でも苦しみが天から僕等にのしかかっている！

ヴィクトリア　私は自分の恋で精一杯！　他人の苦しみなんてとても背負えないわ！　それは男の使命でしょ。その使命は空しくて、不毛で、頑《かたく》なものよ。でも本当に誇れる困難な闘いへのたった一つの勝利になるわ。その使命から顔を背けてはだめよ。

ディエゴ　この世界に今ある不正以外の何を打ち破れと言うの？

ヴィクトリア　不幸をよ、あなたの中にある不幸を打ち破るのよ！　そうすれば道は開けるわ。

ディエゴ　僕は一人ぽっちだ、僕の不幸は大きすぎてどうにもならない。

ヴィクトリア　私がいるわ。武器を手に持って！

ディエゴ　君はなんて美しいんだ、僕が恐怖を捨てることが出来さえしたら君を愛せるのに！

ヴィクトリア　もし私を愛したいと思えれば、恐怖など消えるわ！

ディエゴ　愛してるさ、ああ、でもどちらが正しいのかもう分からない。

ヴィクトリア　怖れていない方が正しいのよ。ね、私の心は臆病風に吹かれてないわ！　私の心は燃えているの、明るい大きな炎のように、ほら、山に住む人たちが挨拶の時にかざし合う松明《たいまつ》のように。

ディエゴ　山……死体の山の真ん中でね！

ヴィクトリア　死体の山の真ん中だろうが草原の真ん中だろうが知ったこっちゃないわ。私の愛は少なくとも誰も傷つけない、私の愛は惜しみないの！　あなたの狂気、あなたの空しい忠誠は誰のためにもならない。もちろん私のためにもならない、あなたの一言一言はナイフのように私に刺さるわ！

ディエゴ　そんなに激しく泣かないでくれ！　ああ、どうしたらいいんだ！　何故こんな災いがやって来たんだ？　僕は君の涙を飲んであげたい。心の痛みのために焼けるその唇にキスをしたい、君の額に鼻に頬に、全てに！

ヴィクトリア　ああ！　それがいつものあなたよ！　その言葉こそあなたが失っていた私たち二人の共通の言葉！（手を差し伸べる）よく顔を見せて……

ディエゴは後ずさりし、脇の下の印を指し示す。ヴィクトリアは手を差し出すがためらう。

ディエゴ　ほら、やっぱり怖いんだ……

ヴィクトリアは印の上に手を押し付ける。ディエゴは後ずさりし、取り乱す。ヴィクトリアは腕を差し伸べる。

ヴィクトリア　来て、早く！　もう何も怖くないわ！

しかし多くの呻き声と呪いの声が一層激しくなる。ディエゴは狂ったように辺りを見回し逃げ去る。

ヴィクトリア　ああ！　私は一人ぽっちだわ！

女たちのコーラス　私たちは守り人！　この出来事は手に余る。全てが終わるのを待つばかり。自由の時、そう冬が来るまで、男たちの喚き声が静まるまで、男たちが私たちのもとに戻るまで、私たちは秘密を守っていよう。男たちは求めるの、なくてはならないもの、そう自由な海の思い出、曇りない夏の日の空、永遠の愛の香り。私たちはただここで待つの。九月の雨に濡れた落ち葉のように、一瞬舞い上がり、そしてしずくの重さで地面に落ちて貼りつくの。私たちも今地面に貼り付いている。背を屈め戦いの叫び声が息切れするまで待ちながら聞くの、心の奥底の緩やかな、幸福な海にゆっくり砕ける波のうねりの呻く声を。葉の落ちたアーモンドの木が霜の花で覆われたら、私たちは少しだけ身体を起こす、仄《ほの》かな希望の最初の風が吹いたら、新たな春の中で立ち上がる。そして愛する人たちがこちらへ向かって歩いて来たら、私たちもその歩みにつれて水面に出る、少しずつ少しずつ潮の流れに持ち上げられた重い小舟のように。ねばねばした海の塩、贅沢な海の香り、そして深い海から浮かび上がり海面に漂うの。ああ！　風さえ吹いてくれたら、風さえ……

暗転

波止場の桟橋に照明。ディエゴが登場し、かなり遠くの、海の方角にいる人物を呼ぶ。舞台奥の方で男たちのコーラス。

ディエゴ　おおい！　おおい！

声　おおい！　おおい！

一人の船頭が現れる。その頭だけが桟橋から見える。

ディエゴ　何をしているんだ？

船頭　食い物を運んでる。

ディエゴ　街へか？

船頭　いや、街には原則として食い物は役所が供給してる。配給切符でだけどね、むろん。俺はパンとミルクを運んでるんだ。沖合に錨《いかり》を下ろした船がいてさ、ペストから逃れるために閉じこもった家族たちが乗ってる。その人たちから預かった手紙を街に運んで、帰りに食糧を持って行くんだ。

ディエゴ　けどそれは禁止行為だろう。

船頭　ああ、役所から禁じられてる。けど俺は字が読めねえ、それに役人たちが新しい法律を街中にふれ回った時はさ、俺は海の上にいて聞いてねえんだ。

ディエゴ　僕を連れてってくれ。

船頭　どこへ？

ディエゴ　海の船の上へ。

船頭　そいつぁ禁じられてるんだよ。

ディエゴ　だって君は字が読めないし、新しい法律も聞いてないんだろ？

船頭　ああ！　そりゃ役所から禁じられてんじゃなくてさ、船にいる人たちからダメって言われてるんだ。それにあんたは確かじゃねえし。

ディエゴ　確かって何が？

船頭　なんていうか、あんた例のもんを持ち込むかもしれんから。

ディエゴ　持ち込むって何を？

船頭　シーッ！（辺りを見回して）ペストの菌だよ、もちろん！　あんたが船に菌を持ち込むかもしれんだろ。

ディエゴ　金は払うよ。
船頭　勘弁してくれよ、俺は気が弱いんだからさ。
ディエゴ　要るだけの金をちゃんと払うよ。
船頭　良心にかけて誓うかい？
ディエゴ　ああ。
船頭　乗んな。海は凪《なぎ》だ。

ディエゴは船に飛び移ろうとする、が秘書が後ろに現れる。

秘書　乗ってはダメよ！
ディエゴ　なに？
秘書　それは予定にないことなの、それに私はあなたって人を知ってる、自分の義務から逃げる人じゃないってね。
ディエゴ　僕を止められるもんか。
秘書　でも引き留めたいの、それだけ。何故なら私はあなたに用があるから。私が誰だか知ってるでしょ！

彼女はディエゴを引き寄せるように後ろに下がる。ディエゴは付いて行く。

ディエゴ　死ぬことは怖くない。でも殺されるのは……

秘書　分かるわ。いい？　私はただの命令執行者よ。でもついでにあなたを管理する権利をもらってるの、分かるかしら。

彼女は手帳のページをめくる。

ディエゴ　僕は誰にも管理なんかされない、僕等はみんなこの地上だけに属してるんだ。この世界だけが僕を支配出来るんだ。

秘書　私が言いたいのもそこよ。あなたは私のもの、ある意味ではね！　そう、ある観点からするとってこと。まあ私はあまり好きなことじゃないけど……あなたをじっと見ちゃうとね。あなたは私の好みなのよ、分かる？　けど私は命令を受けてるし。

彼女は手帳をもて遊ぶ。

ディエゴ　僕はあんたの憎悪の顔の方が好きだ。微笑んでる顔よりね。僕はあんたを軽蔑してる。

秘書　お好きに。それに、今私たちがしてるこの会話って規則に適ってないのよ、疲れると私、おセンチになるの。こんな帳簿つける作業ばかりしてるとね、こんな晩には投げやりな気分になっちゃうのよ。

彼女は指でクルクル手帳を回す。ディエゴはそれを奪い取ろうと試みる。

秘書　ダメよ、あなたって本当にしつこいのね。この中に何が書いてあると思う？　これはね手帳、単なる手帳、ファイル、半分日記、半分資料。そう暦が付いてるわ。（笑う）これは私のただのメモ帳よ！

彼女は愛撫するためかのようにディエゴに手を差し伸べる。

ディエゴは船頭の方に飛びのく。

ディエゴ あ！　行ってしまった！

秘書 あらホント！　あの人も自分は自由だと思い込んでるのね。でもね、他の人と同じようにやっぱり登録されてるのよ。

ディエゴ あなたの言葉には裏表がある。男はそういうのに我慢が出来ないんだ、やめてくれないか、頼むから。

秘書 でも物事は全て単純よ、私は本当のことを言ってるの。全ての街には各々のファイルがある、これ（手帳を見せて）、これはカディスのファイル。これだけは保証するけど、組織はとても良く出来ていてね、誰一人見落としてはいないの。

ディエゴ 誰一人見落としてない、けど全員が逃げて行く。

秘書 （憤慨して）そんなことないわよ！（考え）けど確かに例外はあるわね。ごくたまにだけど、一人くらい見落とすわ。でも必ずバレてしまうの。百歳を超えた連中はね、そのことを自慢し出すの、間抜けね。で、新聞がそれを記事に載せる、こっちは待ってるだけでいい。朝になったら記事を綿密に調べて彼等の名前を控えて、原簿と照合するの。だからもう見逃さないってこと。

ディエゴ　でもその百年の間、彼等はあんたたちを否定して来たってことだ、この街全体が否定してるようにね！

秘書　たかが百年が何よ！　あなたたちの物の見方はすごく狭いわ。私ね、物事の全体を見ている、分かるわね。ファイルにはね、三七万二千人の名前があるのよ、その中の一人が何だっていうの、ちょっと伺いますけど、百歳だからどうだっていうの！　その上私たちは二十歳以下の連中で埋め合わせるの。それでちょうどプラマイゼロよ。少し早目に抹殺するの、それだけ！　こんな風に……

彼女は手帳の中に線を引く。海上で叫び声。ついで水に落ちる音。

秘書　あら！　うっかりやっちゃった！　あの船頭さんだったのね！　まぐれだわ。

立ち上がっているディエゴは嫌悪と恐怖の目で秘書を見つめる。

ディエゴ　あんたを見てると胸がむかついて吐き気がする！

秘書　確かに感じがいい仕事とは言えないわね、分かってる。うんざりするけど、それでも頑張らないと。最初の頃は少しためらったわ、でも今では腕前も確かよ。

彼女はディエゴに近付く。

ディエゴ　来るな。

秘書　もうすぐ何も失敗することはなくなるの、秘密よ。完璧に近い機械があるのよ。今に分かるわ。

彼女は一言ごとにディエゴに近寄り、触れようとする。ディエゴは突然秘書の襟首を摑む。怒りで震えている。

ディエゴ　やめろ、こんな茶番はやめるんだ！　何が欲しいんだ？　自分の仕事をしろ、僕に構うな。僕はあんたなんかよりずっと偉大な人間なんだ。僕を殺せ、それで済むじゃないか、そうすればうっかり抹殺リストから見落とさずに、あんたらのやり方を守れるだろう。ああ！　あんたらは全体のことしか考えない！　十万人の人間がいれば興味を持つ、統計学だ。だが統計学は口をきかない！　あんたらの仕事はグラフや図形だ、クソ！　数字だけとの仕事なんて簡単なんだ！　沈黙とインクの匂いに支配されたオフィスの中で。でもこれだけは言っておく、たった一人の人間がここにいる。厄介で面倒な奴だ。喜びの叫びを上げる、あるいは断末魔の叫びもな。僕は生きている限りその叫び声で、あんたたちの秩序とやらの邪魔をしてやる。僕はあんたを拒否する、僕の存在の全てで！

秘書　愛しい人！

ディエゴ　黙れ！　僕は生と同じくらい、死を名誉と思う人間だ。けどあんたの主人たちがやって来て、生きることも死ぬことも恥辱にまみれた不名誉にしてしまったんだ……

秘書　本当だわ……

ディエゴ

（秘書を揺さぶり）お前らは嘘つきだ、そしてこの先この世が終わるまで嘘をつき通すだろう！　そうさ！　僕はお前らのやり方を知ったんだ。お前らはみんなに飢えの苦しみを与え、反乱を起こさせないための隔離をした。みんなをクタクタに疲れさせ、彼等の時間と力を奪い、自由や情熱や熱狂さえも取り上げたんだ！　彼等は地団駄を踏む、さぞかし満足だろう！　彼等は大勢の中で孤独だ、僕が孤独なのと同じように。何故ならみんなが臆病になっているからさ。僕は彼等と同じように奴隷化され、彼等と共に屈辱を受けた。それでも僕はお前らに言ってやる、お前らなんか何者でもない、無だ。そしてこの空を果てしない暗黒で覆ったお前らの支配も、地上に放たれた一片の影に過ぎなくなる。それは一瞬の猛烈な風であっという間に吹き払われてしまうんだ。お前らは全てのものが数字と申請書で済むと信じていた！　でもお前らの使う専門用語の中には忘れられている肝心なものがあることを分かっていない。そう、野バラや空の星座、猛り狂う海の声、人々が引き裂かれる瞬間の想い、男たちの怒り！

秘書が笑う。

ディエゴ　笑うな、笑うなこのバカ者！　お前らは既に破滅しているんだ、見せかけの勝利の只中で、お前らはもう敗北者なんだ、何故なら人間の中には——僕をよく見ろ——お前らが取り上げることの出来ない力があるからだ。その力とは恐怖や勇気や無知から来る澄み切った狂気だ。そしてそれは永遠の勝利なんだ。その力が立ち上がる時に、お前らは思い知るだろう、お前らの栄光は煙となって消えることをな。

秘書が笑う。

ディエゴ　笑うな！　いいか、笑うんじゃない！

秘書はなおも笑う。ディエゴは秘書を平手打ちする。それと同時にコーラスの男たちがさるぐつわをはぎ取り、長い歓声を上げる。そのはずみでディエゴは脇の下に付いた印を押し潰す。そこへ手を当てるとそれをじっと見る。

秘書　素敵！

ディエゴ　何？

秘書　あなたって怒ると素敵！　もっと好きになったわ。

ディエゴ　何が起きたんだ？

秘書　見えるでしょ、印が消えたのよ。ねえ、もっと怒り続けて、その調子で。

ディエゴ　僕は治ったのか？

秘書　ちょっとした秘密を教えてあげる……あなたの言う通り、私たちのシステムは素晴らしいのよ、でも仕組みの中に一つだけ欠陥があるの。

ディエゴ　何のことだ。

秘書　一つだけ欠陥があるのよ。私の覚えている限りではね、たった一人の人間がその恐怖を克服して反抗するだけで仕組みがぎくしゃくするの。完全に機械が止まってしまうワケではないのよ、そうではないの。でも結局ガタガタになって、時には本当に駄目になってしまうのよ。

ディエゴ　何故僕にそんなことを言うんだ……

秘書　だって、いくら私が頑張ってやってても、やっぱり弱気になることはあるのよ。あなたはそのことを自分で発見したの。

ディエゴ　つまり僕があんたを殴らなくても、見逃してくれたってことか？

秘書　いいえ。私はあなたにとどめを刺すために来たの、規則に従ってね。

ディエゴ　じゃあ僕の方が強いってことか。

秘書　まだ怖いという思いがある？

ディエゴ　いや。

秘書　だとすれば私はあなたに何も出来ないの。それも規則の中にあるのよ。でもこれはあなたに言えるわ、規則の中でもこのことには私、賛同出来る。初めてよ、こんなこと。

彼女は静かに立ち去る。ディエゴは自分の身体を触り、もう一度手を見つめ、不意に呻き声が聞こえる方向に振り向く。沈黙の中を一人のさるぐつわを嵌めた病人の方へ歩く。無言のシーン。ディエゴは手を伸ばし、そのさるぐつわをほどく。漁師である。二人は沈黙の中見つめ合う。そして……

漁師　（苦労して喋る）こんばんは兄弟。いやあ長いこと喋ってなくてなあ。

ディエゴは彼に微笑む。

漁師　（空に目を上げて）ありゃ何だ？

実際空が明るく晴れやかになっている。微かな風が吹き、扉を揺り動かし、何枚かの布をなびかせる。今はさるぐつわを外した人々が二人を取り囲み、空を見上げる。

ディエゴ　海の風だ……

幕

第三部

カディスの住民たちが広場を活発に動き回る。彼等より少し高い所に立ったディエゴがみんなの作業の指揮を取る。まばゆい照明がペストの建てた建造物を照らすが、既に構築されたそれらは以前より印象が薄い。

ディエゴ　星の印を消せ！

人々は家の扉にある星印を消す。

ディエゴ　窓を開けろ！

窓々は開いて行く。

ディエゴ　空気を入れろ！　空気だ！　病人たちを集めろ！

人々の動き。

ディエゴ　もう怖れる必要はない。立ち上がれる者はみんな立て！　何故尻込みする？　顔を上げろ、今や誇りを胸に抱く時が来た！　さるぐつわを投げ捨てて僕と一緒に「もう怖れてはいないぞ！」と叫ぶんだ。（腕を上げる）

コーラス　聖なる反乱よ、生ける者の反逆よ、民衆の名誉よ、さるぐつわを嵌められた者たちに、お前の叫びの力を！

兄弟よ、俺たちはお前の声を聞いているぞ。俺たちは哀れだ、オリーブとパンだけで生きて財産といえばラバ一頭、酒を飲むのは年二回、誕生日と結婚記念日だけ、だがやっと希望が出て来た！　けれど今までの恐怖もまだ心から離れない。オリーブとパンだけでも人生はやっていける！　この手にあるものはほんのわずかでも、人生と共に全てを失うのはやっぱり怖い！

ディエゴ　もし奴らの言いなりになっていたら、君たちはオリーブとパンの他に人生も失うんだぞ！　もしパンだけでも欲しければ、今日こそその恐怖を克服するんだ。目覚めろ、スペインよ！

コーラス　俺たちは貧しくて無知だ。でもペストの病いは一年もつきまとうという。春に芽を出し吹き出すと、夏には実を結ぶ。冬になればもしかするとなくなる。だが兄弟よ、今は本当に冬なのか？　今吹いて来た風は本当に海風なのか？　俺たちは全てを不幸という名の金で払って来た、今度は俺たちの血で支払わなきゃいけないのか？

女たちのコーラス　またしても男たちは厄介事だよ！　私たちはあんたたちに力を抜いて楽になる瞬間を思い出させるためにここにいるの、日々の花々や牝羊の黒い羊毛、そしてスペインの香りを思い出させるためにね！　私たちは弱いの、あんたたちの逞《たくま》しい骨の前では何も出来ない。けど何をしようとこれだけは忘れないで、不安の中で乱闘をしようとも、私たちの身体の花のような香りだけはね！

ディエゴ　ペストの病いが僕たちを痩せ細らせ、恋人たちを引き離し、花々を萎《しお》れさせるんだ！　今僕等が闘う相手はペストなんだ！

コーラス　今は本当に冬なのか？　森の樫の木は艶《つや》やかなドングリで覆われ、その幹にはスズメバチが溢れている！　いいや！　今はまだ冬ではないんだ！

ディエゴ　怒りの冬を生きるんだ！　通り抜けるんだ！

コーラス　だが通り抜けたその先に希望はあるのか？　それとも絶望の死が待って

いるのか？

ディエゴ 絶望なんて口にしてるのは誰だ？　さるぐつわこそが絶望なんだ。包囲されたこの街を引き裂けるもの、それは希望という雷鳴と、幸福という稲妻なんだ。さあ、立ち上がれ！　もし一切れのパンと希望を捨てたくないなら証明書を破り捨てろ、役所の窓ガラスを叩き割れ、恐怖の行列から離れて、大空に向かって自由を叫べ！

コーラス 俺たちは最も惨めな人間だ！　希望だけが俺たちの富だ、どうしてそれなしで生きられよう？　兄弟よ、俺たちはさるぐつわを投げ捨てた！

解放の大きな叫び。

コーラス ああ！　この乾いた大地に、暑さで出来た裂け目に、最初の雨が降る！　今秋が来た、全てが青々と蘇る、新鮮な海の風が吹く。俺たちの希望が波のように湧き上がる。

ディエゴ、立ち去る。ペストが登場し、反対側の高い位置に立つ。

秘書とナダが付いて来る。

秘書　これは一体何の騒ぎ？　みんなが喋っているの？　さあ、みんなもう一度さるぐつわを付けるのよ！

センターの何人かがさるぐつわを付ける。しかし他の男たちはディエゴを追う。彼等は整然と動き回る。

ペスト　奴ら動き出したな。

秘書　そうですね、いつものことです。

ペスト　そうか！　では厳しい処置を取らねば！

秘書　そうですね、厳しく！

彼女は手帳を開き、投げやりな様子でページをめくる。

ナダ　さあやりましょう！　我々のやり方は正しいんだ！　規則に適っていよ

うがいまいが、これが全ての倫理で哲学だ！　けどこりゃあっしの意見ですがね閣下、もっと厳しくやってもいいんじゃないですかね。

ペスト　お前は喋り過ぎだ。

ナダ　だってあっしは嬉しいんですよ、あんた方と居て、たくさんのことを覚えましたよ。抹殺こそあっしのモットーだったんだ。けどこれまではそこに根拠がなかった。今はね、こりゃ規則に従って正々堂々と出来るワケですからね！

ペスト　全てを抹殺するのが規則じゃない。道を踏み外してるぞ、気を付けろ！

ナダ　言っときますが、あんた方が来る前にも規則はあったんですよ。けど、全般的なものにとどまっててね。例えば官吏たちの全ての給料のこと、人間の種類というものをナシにする。全生活を一つの目録や一覧表に置き換える、宇宙を自由に処分する、天と地の価値を下げる……

ペスト　うるさい、仕事に戻れこの酔っ払い。（秘書に）君、仕事にかかりなさい。

秘書　何から始めますか？

ペスト　でたらめ、運まかせ、その方が迫力がある。

秘書は手帳の中の二つの名前に線を引く。警告の二つの鈍い音。二人の男が倒れる。群衆は後退する。作業をしていた者たちは呆然として動きを止める。ペストの衛兵たちが駆けて行き、扉に十字の印を付け直し、窓を閉め、死体を混ぜてしまう。

ディエゴ　（奥の方で、落ち着いた声で）死よ万歳、僕たちは怖くないぞ！

群衆は前に進む。人々は作業を再び始める。衛兵たちは引く。同じパントマイムだが動きは逆になる。人々が前に出ると風が吹き、衛兵たちが押し返すと風が弱まる。

ペスト　あいつ（ディエゴ）を抹殺しろ！

秘書　無理です。

ペスト　何故だ？

秘書　怖れてないんです。

ペスト　そうか、そういうことか！　あいつは知っているのか？

秘書　うすうす感づいてます。

秘書は線を引く。鈍い音が続く。群衆が後退する。前と同じシーンが繰り返される。

ナダ　すげえ！　奴ら蠅みたいにくたばっていく！　ああ！　いっそこの世界もぶっ飛んでくれねえかな！

ディエゴ　（静かに）倒れる者たちを助けてやれ。

群衆は進み、衛兵たちが後退のパントマイム。

ペスト　あいつはやり過ぎだ！

秘書　本当にそうですね。

ペスト　何故君は感傷的になってる？　まさか奴に情報を与えたのか？

秘書　いいえ、あの人は自分で気が付いたんです。要するに天賦の才能があるんです。

ペスト　あいつに才能があっても俺には手段がある。別の手を試さなければな、君のやる番だ。

ペスト、退場。

コーラス　（さるぐつわを外して）ああ！（安堵の溜息）敵は初めてひるんだぞ、圧迫は緩み、空もなごみ息がつける。ペストの黒い太陽は消えて、湧き出る泉の音がする。夏は去った。ブドウ棚のブドウもメロンも青い天豆も生のサラダ菜も収穫出来ない。でも固い地面から柔らかく滲み出す希望の泉が俺たちに約束する、冬の間の憩いの場を、焼き栗を、まだ実の青いトウモロコシを、香ばしいクルミを、暖炉の前のミルクを……

女たちのコーラス　私たちは無知な女。でもこれだけは言う、そういう豊かな富の品々も高価ではいけない。世界のどんな場所でも、どんな主人のもとでも、手の届く新鮮な果実はいつでもあるわ。貧乏人のお酒も、ブドウの枝で燃やす焚火もあるわ。その火のそばで私たちは全てが過ぎて行くのを待つの……

判事の家の窓から、判事の娘が抜け出して来て、女たちの間に隠れる。

秘書 （人々の方へ降りて来ながら）何とまあ、まるで革命ね！　でも分かってるでしょ、事態はそんなものじゃないわ。それに革命なんて民衆がやるものではない。だって断然時代遅れですもの。革命にもう暴徒は必要ないの。今はね、警察だけで充分なのよ、政府を転覆させることさえもね。結局その方がマシでしょ？　そうすれば民衆は優れた指導者が自分たちにとって、どのくらいの分量の幸福が適当なのか考えてくれる間、のんびりと休めるワケよ。

漁師 今すぐあのウツボみてえな魔女のどてっ腹に穴を開けてやる！

秘書 いいですか皆さん、ここにこうしているのは良くないと思うわ！　今ある秩序を変えようとすれば、いつだってとても高くつくの。それにもし今ある秩序が耐え難いものだと思ったとしても、おそらく妥協の余地はあるでしょう。

一人の女 どんな妥協？

秘書　私は知りませんよ！　でもあなたたち女性が知らないワケはないでしょ、こういう大混乱の騒ぎに報いは付きものだし、利口な妥協は時としてボロボロの勝利よりもずっとマシだってね？

女たちは近付く。何人かの男たちはディエゴのグループから離れる。

ディエゴ　その女の言うことを聞くな。全てあっちに都合のいいお決まり文句なんだ。

秘書　何がお決まり文句なのよ？　私は道理というものを言ってるだけ、それだけよ。

一人の男　あんたの考える妥協ってのはどういうものだ？

秘書　もちろんよく考える必要があるわ。でも、例えば私たちがあなた方と委員会を組織する。そこでは多数決で抹殺する者を宣告する。つまり委員会は、抹殺する機能を持つこの手帳の所有権を全面的に保有するってこと。

彼女はその手帳を振り回す。一人の男がそれをひったくる。

秘書　(怒ったフリをして)その手帳を返してよ！　分かってるでしょ、大切な物なの。あなたたちの仲間の名前の上に線を引きさえすれば、その人はただちに死ぬのよ。

男、女たちみな手帳を持った男を取り巻く。活気に満ちる。

声　手に入れたぞ！

声　これでもう誰も死なない！

声　みんな助かったぞ！

その時不意に判事の娘が出て来て、乱暴に手帳をひったくり、片隅に逃げると、急いで手帳のページをめくり、何かに線を引く。判事の家の中から大きな叫び声と、身体が倒れる音が起きる。男たちも女たちも娘のもとへ駆け寄る。

声　ああ！　このアマ！　お前こそ抹殺してやる！

一人の手が娘から手帳をひったくると、みんなでページをめくり、中の一人が娘の名前を見つけて線を引く。娘は叫び声もなく倒れる。

ナダ　（喚いて）進め、団結して抹殺だ！　殺すか殺されるかだ！　抑圧する者、される者、みんな一緒に一致団結だ！　行け！　立ち向かえ！　全部を一掃しろ！

ナダは去る。

大男　（手帳を手にしている）そうだ、大掃除をしよう！　俺たちが飢えで死にそうな時に甘い汁を吸ってやがった畜生どもをめちゃめちゃにやっつけるまたとない機会だぞ！

ペストが再び現れ、ケタ外れの大声で笑う。その間に秘書は控え目にペストの隣に戻る。全員は動かず、顔を上げて待つ。その間ペストの衛兵たちはあちこちに広がり、ペストの建物やその印を復旧させる。

ペスト　（ディエゴに）見たか！　愚かな大衆のお陰で仕事ははかどるんだ！　お前はそれでも奴らを救う価値があると思うのか？

しかしディエゴと漁師が舞台上で、手帳を手にした大男に飛びつき、二人で平手打ちをくらわして地面に突き飛ばす。ディエゴは手帳を取り上げると、それを引き裂く。

秘書　無駄よ。ちゃんと控えがあるのよ。

ディエゴは男たちを反対側に押しやる。

ディエゴ　早く仕事にかかれ！　君たちは騙されたんだ！

ペスト　そいつらは恐怖の心は自分に向け、憎しみの心は他人に向けるんだ。

ディエゴ　（ペストの目の前に戻り）恐怖もなければ憎しみもない、それこそが我々の勝利なんだ！

ディエゴ側の男たちに押されて衛兵たちは段階的に後退する。

ペスト　静かにしろ！　俺にかかればワインは酢になり、果実はたちまち干からびる、ブドウの蔓が実を付けようとすれば枯らせ、その蔓が暖炉の薪になりたければ逆に青々と潤してしまう。俺はお前たちの望む単純な歓びが大嫌いだ。この国が、富はなくとも自由だ、なぞとほざくのが大嫌いだ。俺は牢屋、死刑執行人、力と血を持っている！　この街は破壊され、瓦礫の山となり、ついには完璧な社会の美しい沈黙の中で死に瀕するのだ。俺が全てを破壊する、だから静かにしていろ。

身の毛のよだつ大音響、締め金の軋む音、低い唸り声、抹殺の合図の音、押し寄せるスローガンの声などの戦いのパントマイム。しかしディエゴ側の男たちの動きが有利な様子がはっきりしてくる。騒ぎは静まっていき、まだよく聞き取れないコーラスの声がペストの騒音を呑み込んでいく。

ペスト （激怒の身振りで）まだ人質があるぞ！

ペストは合図をする。人々が再結集する間にペストの衛兵たちは舞台から去る。

ナダ （宮廷のてっぺんで）いつだって何かは残る。全てのものは続いていなくても実は続くのだ。俺の役所も続くのさ。もし街は崩れ、空が裂け、人々が地上を見捨てても、役所はやはり定刻に開いて虚無の世界を管理する。虚無、それは俺だ、ナダだ。俺の天国にはいつも古い記録とインクの吸い取り紙があるんだ。

ナダは退場。

コーラス　奴らは逃げたぞ。夏は勝利のうちに終わるのだ。つまり人間が大勝利を収めるってこともあるってことさ！　そして勝利こそは愛の雨に打たれる俺たちの女の身体だ。幸福で輝き、火照る肉体、スズメバチが群がるブドウの房。膨らんだブドウの実は収穫の時のブドウ畑に降り注ぐ。それらは酔いしれた乳房の先で燃え上がる。恋人よ熟れきった果実のように欲望ははち切れ肉体の輝きはほとばしる。大空の隅々に神秘の手が花を差し出し、溢れ出る泉からは黄金の酒が流れ出る。さあ、勝利の祭だ、俺たちの女を迎えに行こう！

静かに担架が運ばれて来る。そこにはヴィクトリアが横たわっている。

ディエゴ　（駆け寄って）ああ！　こんなことって！　いっそ誰かを殺すか、自分が死んだ方がマシだ！（死んだように見えるヴィクトリアに近付いて）愛のように華やかで、勝ち誇って残酷な人、僕の方にその顔を向けてくれ！　戻って来て、ヴィクトリア！　僕の行くことの出来ないあの世になんか行かないで！　僕から離れないで、土の中は冷たいんだ。愛しい人！　しっかりして、僕等がいるこの世の淵にしっかりつかまって！　沈んじゃいけない！　もし君が死んだら残された僕のこれからの日々は真昼でも全て暗闇になってしまう！

女たちのコーラス　今私たちは真実の只中にいる。今までの世はまやかしだった。けれど今この時、身体は苦しみに身をよじる。たくさんの叫びと美辞麗句、死をすら称賛した日々、そして今その死は自ら愛する者の喉笛を引き裂くのだ！　愛が戻って来た時、もう時間は残っていない。

ヴィクトリアは呻く。

ディエゴ　今だ、生き返ろうとしている。もう一度僕の顔を見ておくれ、松明のように真っ直ぐ、君のその燃える黒髪と愛に煌めくその顔で。僕はその二つを闘いの闇の中にまで持って行ったんだ。そうさ、持って行ったんだ、それだけで満ち足りていた僕の心を。

ヴィクトリア　あなたは私を忘れるわ、ディエゴ、きっとよ。あなたは私の不在に耐えられない。不幸にも。ああ！　自分が忘れられると分かっていながら死んで行くこの激しい苦痛。

ヴィクトリアは顔をそむける。

ディエゴ　僕が君を忘れるもんか。君の記憶は僕の死後も残るんだ。

女たちのコーラス　ああ、苦しみもだえるその身体、かつては欲望をそそり、完全な美を備え、真昼のように輝いていたのに！　男は出来もしないことを叫び、女は出来ること全てを耐え忍び。身を屈めなさい、ディエゴ！　自分の苦しみを叫んで罪を告白しなさい。今こそ後悔する時よ！　裏切り者！　ヴィクトリアの身体はお前の祖国だったのに、彼女なしではお前は無なのに！　お前の記憶が死後に残っても、何の償いにもなりはしない！

ペストがそっとディエゴの傍に来る。二人の間にヴィクトリアの身体。

ペスト　どうだ、諦めるか？

ディエゴは絶望的にヴィクトリアの身体を見つめる。

ペスト　お前には何の力もありはしない！　お前の目は取り乱しているぞ。俺の目はほら、こんなに力強くしっかりしている。

ディエゴ　（沈黙の後で）彼女を生かしてそして、僕を殺してくれ。

ペスト　何だと？

ディエゴ　交換してくれと頼んでいるんだ。

ペスト　交換て何を？

ディエゴ　彼女の身代わりに僕は死にたいんだ。

ペスト　そういう発想はな、人間、疲れてる時に出るもんだ。いいか、死ぬってのは気分のいいもんじゃないぞ、それにこの女にとって最もしんどい時期は終わってる。このままにしておいてやれ！

ディエゴ　僕は疲れてなんぞいない、今が一番力に満ちているんだ。

ペスト　俺を見ろ、俺こそ力そのものだ！

ディエゴ　その制服を脱げ。
ペスト　バカを言え！
ディエゴ　脱げ！　力を誇る人間ほど制服を脱いだ時に見苦しいものはない！
ペスト　そうかもしれん。だが力を誇る人間こそが制服を発明したのだ！
ディエゴ　僕の力はその制服を拒否することだ。僕はこの取り引きをあくまで主張する。
ペスト　とにかくよく考えろ。人生ってやつはいいもんだぞ。
ディエゴ　僕の人生なんか何でもない。重要なのは僕が生きてる理由だ。僕は犬とは違う。
ペスト　人生で初めての煙草も何でもないか？　真昼の土手の上に立って嗅ぐ土ぼこりの匂い、夕暮れの雨、見知らぬ女、二杯目のワインは？　全て何でもないと言うのか？
ディエゴ　そうは言わない。けど、彼女は僕よりいい人生を送れるんだ！
ペスト　だめだ、お前が他人にお節介を焼くことを諦めない限りはな。
ディエゴ　ここまで来たらもう引き返せない。僕はお前を容赦しないぞ。
ペスト　（口調を変えて）聞け。もしお前がその女の代わりに俺に命を投げ出すなら、俺はその女を生かすことを承知しなけりゃならん。だがここは一つ取り引きしよう。俺がその女の命を助け、お前ら二人を逃がしてやる、但し、俺がこの街を牛耳ることを条件にな。

ディエゴ　だめだ。僕は自分の力と権利をよく分かっている。

ペスト　よし、それじゃあ腹を割って話そう。俺にとっては全てを支配するか、さもなくば全てを捨てるかの二つに一つだ。俺はお前を手に入れなければ街も手に入らん。それがルールだ。この古いルールがどこから来たのか俺は知らんが。

ディエゴ　僕は知ってる！　過去の時代の空洞から来たんだ。それはお前より大きくて、お前の絞首台より高みにあるもの、自然界のルール、法則なんだ。僕たちはそれを支配して来た、そして今お前をも支配してやる。

ペスト　あいにくそいつはまだだ！　俺はこの女の身体を、人質を取っている。この人質が最後の切り札だ、見てみろ。もし活き活きした表情を、人生そのものの顔を持っている女がいるとしたら、それがこいつだ。この女は生きるに値する、そしてお前は生かしてやりたいと思っている。俺はこの女をお前に返さざるを得ない。但しそれはお前自身か、あるいはこの街の自由かどちらかを引き換えにしてだ。さあどうする。

ディエゴはヴィクトリアを見つめる。舞台奥からさるぐつわを嵌めた人々のざわめきの音、ディエゴはそのコーラスの方を振り返る。

ディエゴ 死ぬのは辛い。

ペスト そうだ辛いことだ。

ディエゴ でもこの辛さは誰にとっても同じだ。

ペスト バカな！　この女を愛する十年は、あの連中にとっての百年の自由よりはるかに価値があるんだぞ。

ディエゴ この人を愛することは、僕にとっての王国だ。だから僕は自由にそうした。でも彼等の自由は彼等だけのものだ。だから僕の自由には出来ない。

ペスト 人間は他の者を傷付けずに幸福にはなれない。それがこの世の正義だ。

ディエゴ 僕はそんな自由を認めるために生きているのではない。

ペスト 誰が認めると言った！　この世の秩序はお前の望み通りに変わるものじゃあない！　もしその秩序を変えたかったら、自分の夢なんか放っぽ

ディエゴ　り出して、現にあるものだけを問題にしろ。
いやだ。その手口なら僕は知っている。殺人をなくすためには人を殺す、不正を正すために暴力をふるう。もう何世紀もそういうことが続いている！　もう何世紀も支配者という人種は民衆の傷を癒すという名目でその傷口を悪化させて来た、そしてその間、彼等のやり方をわざとらしく褒めそやす、何故なら実際には面と向かってバカにする者がいないから。

ペスト　誰もバカにはしないさ、だが俺は俺のやるべきことを実行する。俺は有能だからな。

ディエゴ　有能、そうとも！　その上実際的だ！

ペスト　とにかく人間どもをじっと見るだけで充分だ。全ての正義というものは奴らにとっていいものだからな。

ディエゴ　この街の城門が全て閉まってからというもの、僕はずっと彼等を見つめ続けてきた。

ペスト　ならもう分かっただろう、お前が見つめ続けてきた奴らは、この先お前を一人ぽっちにするのだ。そして一人ぽっちのお前は死ぬしかない。

ディエゴ　いや、それは違うぞ！　もし僕が一人ぽっちなら全てのことは簡単だ。

けどいやでも応でも彼等は僕と共にあるんだ。

ペスト　奴らは単に羊の群れだ、おまけにひどく臭いんだ。

ディエゴ　彼等が完璧な人間でないことは分かっている。僕だってそうだ。そして僕も彼等の中からこの世に生まれたんだ。僕はこの街のために、この時代のために生きるんだ。

ペスト　奴隷たちの時代のためにか！

ディエゴ　自由な人間たちの時代のためにだ！

ペスト　呆れたもんだ。自由な人間たちなんぞどこにいる？　探しても無駄だ。

ディエゴ　お前の牢獄の中に、死体置き場の中にいる。そして奴隷たちは玉座の上にいる。

ペスト　じゃあ奴らに俺の警官の制服を着せてみろ、それで奴らの中身がどう変わるか確かめるんだな。

ディエゴ　確かに彼等は臆病で残忍な人間に変身するだろう、何故なら彼等はお前以上の権力を持っていないからだ。どんな人間も絶対的な権力を与えられるに充分な美徳など持ってはいない。でもだからこそ、お前には得ることの出来ない憐れみを受ける権利があるんだ。

ペスト　卑劣さというものはまさに奴らが今しているような生き方だ、こそこそあくせく、いつも中途半端な、な。

ディエゴ　その中途半端さで僕は彼等と結びついてるんだ。そしてもし僕が彼等と分け合っている貧しい真実に対して忠実でなければ、僕の中の偉大なものにも孤独にも僕は忠実でいられないんだ。

ペスト　俺の知る限りの唯一の忠実さ、それは軽蔑だ。

中庭でがっくりしているコーラス隊を指さして。

ペスト　見ろ、あれがその姿だ！

ディエゴ　僕が軽蔑するのは虐殺者だけだ。お前が彼等を虐待しているにもかかわらず、彼等はお前よりずっと偉大なんだ。もし彼等の誰かが人を殺すことがあってもそれは一時の無分別によることだ。お前、お前は自分の法律と論理に従って虐殺をしている。だからうなだれた彼等の姿を笑ったりするんじゃない。何故ならこの何世紀も恐怖の彗星は彼等の頭の上を通ってるんだ。だから彼等の怯えた様子を笑うんじゃゃない！　この何世紀、彼等は死に、そして彼等の愛は引き裂かれている。彼等の犯す一番重い罪にはいつも必ず言い訳があるんだ。でもいつの時代も彼等に対して、犯された罪の言い訳は認められない。そしてお前こそがその汚らわしい秩序とやらでその罪悪を法律化しようとしたんだ。

ペストはディエゴの方に近寄る。

ディエゴ 僕は目を伏せたりはしない！

ペスト 確かに目は伏せないな！　よし、じゃあ言ってやろう、お前は最後の試練に打ち勝ったのだ。もしお前がこの街を俺の自由にさせたとしたら、お前はこの女を失い、おまけに一緒に自分の命も失うとこだったんだ。差し当たりこの街は自由を取り返すチャンスが充分ある。とにかくお前のような向こう見ずは一人で充分だ……向こう見ずは無論死ぬ。だが結局遅かれ早かれ他の奴らは救われるんだ！（暗い様子で）だがその奴らに救われるだけの価値はない。

ディエゴ 向こう見ずは死ぬ……

ペスト　ああ！　自信を失ったのか？　そうさ、そうなって当然だ、新たなためらいか！　思い上がりというものが一番強いんだ。

ディエゴ　僕は名誉に飢えていた。そしてその名誉は今では死人の仲間に入るということなのか？

ペスト　言っただろ、思い上がりが人を殺すのだ。しかしこういうことは俺のように年取って来ると、かなりくたびれることなんだ。（厳しい声で）さあ、用意はいいいな。

ディエゴ　ああ。

ペスト　そら、印が現れた。かなり痛むぞ。

ディエゴは恐怖を持って身体に出来た新しい印をじっと見る。

ペスト　いいな！　死ぬ前に少しは苦しめ、とにかくそれが決まりだ。憎しみという奴が俺の身を焦がす時、他人の苦痛は蜜の味だ。呻いた方がいいぞ。俺がこの街を去る前にお前の苦しむ姿を見せてくれ。（秘書を見て）さあ君、仕事だ！

秘書　あ、そうなんですか。
ペスト　なんだ、もう疲れてるのか！

秘書はそうだと頷くが、その瞬間に突然外見が変わる。それは死の仮面を被った老婆である。

ペスト　いつも思ってたんだが、どうも君には憎しみというものが足りん。だが俺自身の憎しみは新鮮な犠牲者を求めているんだ、さあ急げ。それからまた別の場所で始めよう。
秘書　憎しみは私の支えになりません。実際、憎むことは私の仕事じゃないので。でもこれは多少あなたのせいなんですよ。書類の山に囲まれて仕事しているせいで、情熱がなくなっちゃうんです。
ペスト　そんなこと言っても始まらん。そうか何か支えが欲しいなら……（膝をついているディエゴを指して）破壊の喜びにあの男を使いたまえ。それなら君の仕事だろ。
秘書　じゃ破壊しましょう。でもなんか気が進まないんです。

ペスト　どういうワケで俺の命令に文句を付けるんだ？

秘書　記憶のせいです。いくつかの古い思い出があるんです。あなたに会う前の私は自由で、行き当たりばったりの生き方をしていました。私を嫌ってる人などいませんでした。私は全ての物事を仕切り、恋愛ごとを収め、全ての運命に形を与えていました。揺るがない女でした。けれどあなたが私を論理と規則に従わせた。お陰で私はこの手を汚した。私はむしろ人助けの好きな人間だったのに。

ペスト　誰が君に助けを求めるんだ？

秘書　不幸に負ける人。つまり殆ど全ての人。彼等と一緒にお互い気が合った間柄で働いてきました。それが私のやり方でしたから。今では私は彼等を痛めつけ、みんなが最後の息を引き取るまで私を恨みます。多分そのせいでしょう、あなたが殺せと私に命令したこの男のことを私が好きだったのは。この男は自由に私を選んでくれた。彼のやり方で私を憐れんでくれた。

ペスト　俺を怒らせる気か！　俺たちに憐れみなどは不要だ。

秘書　誰からの憐れみも持たない人には、確かにそんなものは不要ですね！　私がこの男を好きな理由は、この人が羨ましいからです。私たち征服者にとっては、愛というものは惨めな形を取るんです。そのことはよく分かってらっしゃるでしょう？　そしてそのことで私たちは他人から少しは同情されるに値します。

ペスト　黙りたまえ！

秘書　よくお分かりのはずです、そして殺す力を持つ者は、殺される側の潔白が急に羨ましく思えることもお分かりのはず。ああ！　ほんの一瞬でもいいからこの果てしない論理を中断して、私も誰かの身体に凭《もた》れかかる夢を見させて。私は亡霊なんか大嫌い。全ての惨めな人々が羨ましい。その人（ヴィクトリアを指して）ですら、生き返ったら獣のような叫びを上げる、その女、少なくともその女は自分の苦悩に凭れかかるのよ。

ディエゴは殆ど倒れる。ペストが彼を抱き起こす。

ペスト　立つんだ！　私の秘書がしかるべき仕事をするまでは終わらないぞ。だがな、今のところ彼女はおセンチになっている、しかし怖がることはない！　彼女はなすべきことはやる、それが決まりで役目だからな。今ちょっと機械の調子が狂ってる、それだけだ。機械が完全に止まってしまう前にいいことを教えてやろう、バカなお前にな。俺はこの街をお前に返してやる！

コーラスの歓びの叫び。ペストは彼等の方を振り返る。

ペスト

そうだ、俺は去る、だが得意になるのはやめとけ、俺は満足してるんだ、ここで俺たちはよく働いた。俺の評判を聞くのは気分がいいし、お前らが俺のことをこの先も忘れないってことは今分かっている。俺を見ろ！　この世の唯一の支配者である俺を最後によく見ておけ！本物の支配者というものをしっかりその目に焼き付けて、そして怖れるということを学ぶがいい。（笑う）以前お前たちは神とそのなす業を怖れると言い張っていた。だがお前たちの神とは種族を混ぜこぜにする単なるアナーキストだ。神は自分を権力者で、同時に善良でもいられると信じ込んでいた。それは一貫性と率直さに欠けることだ、これだけは言える。俺は権力だけを選んだ、支配力をな、もう分かっていると思うが、これは地獄よりも確かなやり方なのだ。

何千年もの昔から俺はお前たちの街や野を死体の山で覆いつくして来た。俺の死人たちはリビア砂漠や黒いエジプトの地を肥沃にした。俺、ペスト様の大地は未だ死骸の汗で肥沃だ。清めの炎でアテネを満たし、大量の火葬用の薪で浜辺で燃やした人間の灰は、ギリシャの海が灰色になるまで広がった。神々も、あの哀れな神々自身も心の底からうんざりした。そして大聖堂が神殿の跡を継ぐようになると、私の黒衣の騎士たちは泣きわめく人間の身体で寺院をいっぱいにした。何世紀もの間、この五つの大陸の全てで俺は休むことなく、興奮することすらなく、殺戮を続けてきたのだ。

それはもちろん悪くない気分だったし、そこには理念があった。しかし全ての理念というワケではない……死人というものは清々しいものではあるが利益にはならない。つまりは奴隷ほどの値打ちもないのだ。理想とは、少数の選び抜かれた死人の助けを借りて多くの奴隷を獲得することにある。こんにち、その技術は完成している。要するにこれが抹殺し、また必要量の多くの人間を堕落させた後に、市民をことごとく跪《ひざまず》かせることになるワケだ。いかなる美も、偉大さも、俺たちに抵抗することは出来ない。俺たちこそ全てに大勝利を収めるのだ。

秘書　全てに大勝利を収める、けど誇りだけは別です。

ペスト　誇りなんぞというものはそのうち飽きる……人間は思ったよりも知的だ。

遠くで大騒ぎの音とトランペットの音。

ペスト　聞け！　またもや私のチャンスが巡って来た。お前たちのかつての主人たちだ。奴らは他人の傷にはめくらで、不動と忘却に酔いしれている。そしてお前らは奴らが戦わずして勝利を収めるという愚かさにうんざりするだろう。残酷さという奴は憤慨を招くが、愚かさというものは落胆を招くのだ。愚か者どもに名誉を、何故なら奴らは俺の道を用意してくれるからだ！　奴らこそ俺の力と希望なんだ！　おそらくその日が来るだろう、全ての犠牲が空しく思える日が。お前らの下劣な反乱の際限のない叫びがついに沈黙する日が。その日こそ、屈従の決定的な沈黙の中で俺の本当の支配が始まる。（笑う）これこそ粘り強さというものではないか？　だが安心しろ、俺の頑固さはかくも大胆なのだ。

ペストは舞台奥へ歩いて行く。

秘書　私はあなたより年上だから分かるの、彼等の愛情も同じように頑固なものよ。

ペスト　愛情？　そりゃ一体何だ？

ペスト、退場。

秘書　（ヴィクトリアに）起きるのよ！　私はもう疲れたわ、おしまいにしましょう。

ヴィクトリアは起き上がる。だが同時にディエゴが倒れてしまう。秘書は暗がりの方に少し後退する。ヴィクトリアがディエゴの方に駆け寄る。

ヴィクトリア　ああ！　ディエゴ、私たちの幸福に何ということをしてくれたの？

ディエゴ　さよなら、ヴィクトリア。僕は満足なんだ。

ヴィクトリア　そんなことを言わないで。その言葉は男のもの。男の人が言うぞっとする言葉。（泣く）死ぬことが満足だなんていう権利は誰にもないわ。

ディエゴ　僕は満足なんだよ、ヴィクトリア。なすべきことをなしとげたんだ。

ヴィクトリア　いいえ。たとえ天に背いてもあなたは私を選ぶべきだったのよ、この世界全てよりも、私を選ぶべきだったのよ。

ディエゴ　僕は死との仲を清算したんだ。それが僕の力だ。でもこの力は全てに対して使い果たしてしまう力なんだ。そこに幸福の入る隙はないんだよ。

ヴィクトリア　そんな力が何になるの？　私が愛したのはあなたという一人の男よ。

ディエゴ　僕はこの闘いで燃え尽きたんだ。もう男ですらないんだ。だから死ぬのは当然だ。

ヴィクトリア　（彼の上に身を投げて）それなら私も連れてって！

ディエゴ　ダメだ、この世界は君を必要としている。この世は生きることを学ぶために女性を必要としてるんだ。僕ら男はただ死ぬことしか出来なかったんだ。

ヴィクトリア　ああ！　とても簡単なことだったのに、苦しみが必要ならばその苦しみの中でお互い黙って愛し合っていられたのに！　あなたの恐怖も受け入れたのに。

ディエゴ　（ヴィクトリアをじっと見て）僕は僕の魂の全てで君を愛した。

ヴィクトリア　（叫んで）それだけじゃ足りないのよ。ああ、ダメ！　それだけじゃまだ足りないのよ！　あなたの魂だけじゃダメなのよ！

秘書がその手をディエゴの身体に近付ける。女たちがヴィクトリアの方に駆け寄って取り囲む。断末魔のパントマイムが始まる。

女たちのコーラス　この男に災いを！　私たちの身体を見捨てる全ての男に災いを！　男たちに見捨てられた私たちの上には無情が覆いかぶさる。男たちはその思い上がりの心でこの世を変えようなどと長い年月ずっと主張して来た。ああ！　全てを救うことなど出来はしないのに。それでもとにかく愛の住み家だけでも守ることを学びましょう！　ペストが来ようと戦争が来ようと、扉を閉めて私たちの隣に居て、この世の終わりまで共に自分を守るのよ。そうすれば、孤独な死や、観念や、数々の言葉の代わりに、あなたと私が一体となり、すさまじい愛の抱擁とキスを交わして死ねるのに！　けれど男は観念の方を好む。母から逃げ、恋人から離れ、当てもなく走り、傷口のない傷を負い、刺されもせずに死に、亡霊を追い求め、一人ぽっちで唄い、無言の空に向かって呼びかけ、不可能な結合を望み、何もない砂漠での最後の孤立した死へと向かうため、孤独から孤独へと彷徨《さまよ》うの。

ディエゴは死ぬ。女たちは嘆き悲しむ。その間、風は少し強くなっていく。

秘書　泣かないで。大地は自分を愛してくれた人には優しくしてくれるわ。

秘書は退場。
ヴィクトリアと女たちはディエゴの身体を運びながら舞台脇に行く。
舞台奥から大きな物音。

新たな音楽が鳴り響き、城壁の上に居るナダの喚き声がする。

ナダ　ほうら見ろ！　昔の奴らが戻って来る。昔の、いつもの、化石みてえな、ホッとする、心地がいい、行き詰まりのおべっか使いの、つまり昔ながらの安定した、お盛んな、清々《すがすが》しい奴らだ。みんながホッとしてゼロからやり直そうとしてやがる。あそこに虚無の仕立て屋だ。お前らオーダーメイドの服を頼むことになる。だが興奮しちゃいかん、奴らのやり方は最上なのさ。不幸を叫びまくる連中の口を塞ぐことより、奴らは自分の耳を塞ぐんだ。俺たちは唖だった、今度からつんぼになろう。

ファンファーレの音。

ナダ　気を付けろ、歴史を書く連中が戻って来る。奴らは英雄の仕事をする。そして涼しい場所に潜るんだ。石畳の下にな。気の毒がる必要はねえ、石畳の上はこの世の中、しょっちゅう雑多な大騒ぎだ。

舞台の奥で公式なセレモニーのパントマイム。

ナダ　見ろよ、奴ら早速何やってると思う？　勲章のやりっこだ。この世では憎しみの大宴会はいつだってやってるのによ。疲れ切った大地は絞首台用の枯れ木で覆われて、お前らに正義を呼びかける血がまだこの世の壁を照らしてるってのに、あいつらのやってることは勲章のやりっこだ！　ああ、やれやれ、受賞のスピーチだ。だがスピーチの演壇が用意される前に、まず俺様が喋る。ディエゴは、あっちが俺を嫌っても、俺は好きだった、だが死んだ、当然の報いだ。

漁師がナダに駆け寄る。衛兵たちが捕らえる。

ナダ　分かったか漁師どの、政府がいなくなっても警察は残る。これが正義ってもんだ。

コーラス　違う、ここに正義はない、あるのは限界だ。そして規則は役に立たないと言う者たち、また規則を押し付けようとする者たちも同じように限界を超えているのだ。扉を開けよう、風が、海の塩気がこの街の汚れを吹き払い、磨いてくれるように。

城門が開かれ、風が吹き込む。それは次第に強くなる。

ナダ

正義はあるのさ、俺を不快にする正義がな。ああ、お前らはまた始めるんだ。けど俺様の知ったこっちゃねえ。俺が完璧な罪人を差し出せるなんて当てにするなよ、俺にはメランコリーなんて美徳はねえんだ。さあ、この古臭い世の中よ、さらばだ。お前らの死刑執行人はお疲れなんだ。奴らの憎しみはすっかり冷えちまった。俺は多くのことを知り過ぎた、軽蔑なんぞもどっかへ行っちまった。勇ましい皆さんよ、お別れだ、お前さんたちはいずれ知ることになる、人間なんて無なんだ、そして神様のツラなんて醜いのさ、それを分かってなきゃとても生きてなんか行けねえってな。

嵐のような風が吹く中、ナダは防波堤の上に走り、海に飛び込む。漁師が彼の後を追って走る。

漁師　落ちた。海の流れがあいつを巻き込んでかき消しちまった。あの嘘つきの口は塩で一杯になって、とうとう黙っちまった。見ろ、怒り狂った海の色はアネモネみてえだ。海は俺たちに復讐してるんだ。海の怒りは同時に俺たちの怒りだ。海は叫んでるんだ、全ての海の男に「集まれ」と、そして孤独な人間たちに「結合しろ」と。ああ、波よ、ああ、海よ、反逆者の祖国よ、ここにお前の民がいる、屈服を知らない民がいる。海の底から湧くうねりよ、海の嘆きを育んでお前たちの、怖ろしい、醜い街々を押し流してしまうだろう。

幕

＊現代では不適切とされる言葉があるが、初演が一九四八年であり、原典の言葉の意味を忠実に伝えるため、あえて用いている。

劇団俳優座公演No.347『戒厳令』
作：アルベール・カミュ／翻訳：中村まり子／構成・演出：眞鍋卓嗣

〈スタッフ〉
美術：杉山至／照明：桜井真澄／音響：木内拓／映像：新保瑛加、石原澄礼／衣裳：山下和美／ステージ・ムーブメント：横尾圭亮／舞台監督：八木澤賢／制作：劇団俳優座演劇制作部、リトル・ジャイアンツ

〈キャスト〉
カサド判事：加藤佳男／カサドの妻・街の女：坪井木の実／街の女：山本順子／漁師：塩山誠司／秘書：清水直子／ディエゴ：志村史人／ヴィクトリア：若井なおみ／ナダ：八柳豪／ペスト：野々山貴之／市長：田中孝宗／総督・船頭・街の男：森永友基／カサドの娘・街の女：後藤佑里奈／ディエゴの同僚・街の女：椎名慧都／カメラマン・役人・衛兵・街の男：辻井亮人／街の男：松本征樹／リポーター・役人・衛兵・街の男：山田定世
二〇二一年九月三日～一九日（全一六公演）／劇団五階稽古場

訳者あとがき

私の生業はもう半世紀以上、役者であります。しかしながら、自分主宰の演劇プロデュース・ユニット〈パニック・シアター〉を持ってしまったために、劇作・演出・翻訳などに手を染めて、何足もの草鞋を履く羽目になりました。一九九〇年代からです。こうなった動機はいたって不純です。観客数百人程度の小劇場での上演が常のパニック・シアターの予算では、到底外部の方に脚本料、演出料、翻訳料が払えない！これが理由なのです。自分でやるしかありません。情けないにも程があります。しかし演劇の神様というものは捨てたもんじゃなく、こんな境遇の私にどうやら劇作、演出、翻訳の才能をそこそこ与えて下さったのです。感謝しかありません。

私がフランス語を学ぶきっかけとなったのは、一九七二年に演技の勉強のため、パリに演劇留学したことです。どうしてもこの人に習いたい！と惚れ込んだ先生の元で学ぶため、一年間、東京のアテネ・フランセへ通いました。文法や会話をはじめ、あらゆるクラスを受けての猛勉強でした。あとは現地で自然なフランス語を身に付け、帰国してからもせっかく身に付けたフランス語を忘れないために、何度もアテネ・フランセに通いました。そんな訳で、私は大学も出ていないし、特にフランス文学を専攻した経験もありません。ただひたすらフランスの小説を読み漁っていました。お気に入りはフランソワーズ・サガンでしたが、ある日カミュの『異邦人』に少なからずのショックを受け、二十代の私は原書を買って、この不条理な小説に辞書片手に没頭しました。まさかまさか、何十年後にこの人、アルベール・カミュの戯曲を翻訳する身になろうとは一ミリも想像していませんでした。

二〇二一年の二月頃、劇団俳優座の演出家・眞鍋卓嗣さんから連絡が来て、「先日俳優座で演った『正義の人びと』のまり子さんの翻訳、とても良かった。俳優座は九月にもカミュの『戒厳令』を上演することが決まったので、また翻訳してもらえませんか?」と。『正義の人びと』の翻訳は大変な作業でしたが、いい作品で私は満足した出来だったので、喜んでお引き受けしました。……これが大間違いでした……『戒厳令』の原文を読んですぐに、これが普通の会話体の台詞の文章ではないこと、全体の構成がリアリズムではなく、まるでギリシャ悲劇のそれのようになっていること、はたまた群衆が一斉に喋る長台詞(ギリシャ悲劇でいえばコロスの部分)が、散文詩のような朗唱調であることが判明。これは普段、現代フランスのコメディばかり訳している私の手には負えないのでは?……と頭の上に暗雲が拡がりました。とはいえ引き受けてしまった仕事、とにかく机に向かったのですが……。そこから私の苦闘の日々が始まりました。あまりの台詞の長さと難解さに、脳みそが爆発しそうになり、毎日カミュを呪い、今日こそもうギブ・アップしよう！と身も心も葛藤を繰り返しました。引き受けたことを後悔し、己の才能と根性のなさに、もう少しで匙を投げるところでした。こうなったらあとは意地しかありません。「投げ出してなるものか！」と自分を叱咤激励し、コーラスの朗唱調の部分も声を出し、言葉の美しさとリズムを整えながら、諦めずに一ページずつやっつけて行きました。……どんな物事も始まれば終わるものです。長かった翻訳の日々もついに最後の日が来て、台詞を書き終え「幕」と書いた日、私は夜一人で祝杯をあげました。

『戒厳令』は一九四〇年代の設定の戯曲ですが、俳優座での上演に際し、演出家の眞鍋さんは現代に置き換え、プロジェクターやビデオ・カメラを駆使して非常にスマートな舞台に仕上げました。本来なら五十人くらいは出て来る登場人物も、十六名という少人数で収めました。二〇二一年九月、世界は新型コロナという現代の疫病との闘いの真っ最中です。「戒厳令」の街の人びとはペストという病に冒され次々と倒れ、その名も「ペスト」という外国から現れた独裁者に支配され、逃げ場を失い、抑圧された社会の中で抗うことを諦めます。一九四〇年代に、カミュは何を想い、何の象徴として「ペスト」という人物を造形したのでしょう。答えはこの芝居を観た観客一人一人が考え、感じ、想像することです。カミュはそういう戯曲をあえて書いたのだと思います。

劇団俳優座はこの芝居の上演で高い評価を受けました。もちろん私も嬉しかったのですがただ一点、一番苦労したあの、朗唱調のコーラスの長台詞、演出の眞鍋さんが殆どカットしてしまったこと……泣きたい気分でした。

本書『戒厳令』*L'Etat de siège* の翻訳にあたっては、底本は俳優座から提供されました。これはおそらく、一九四八年にパリ・マリニー座でのルノー・バロー劇団公演（演出　ジャン・ルイ・バロー）の際の台本と思われます。

最後に、この戯曲を翻訳するに当って、この芝居を実際に上演する際に俳優が喋りやすく、また観客が耳で聞いて分かりやすい台詞にすることを何より考慮し、細心の注意を払いました。故に、机上で訳している最中、役者の私は台詞を声に出してブツブツ言いながら作業致しました。

訳すに当っては、大久保輝臣氏（新潮社、一九七三年版）の先訳におおいに恩恵を受けたことを心から感謝致します。

二〇二三年十月

中村まり子

〈鼎談〉『戒厳令』について

翻訳家、シェイクスピア全訳　松岡　和子
時代小説家、歌舞伎研究、演劇評論家　松井今朝子
俳優、翻訳家　中村まり子
（司会・藤原良雄）

登場人物「ペスト」

――カミュの戯曲『戒厳令』が初上演されたのは、ナチスによるフランス支配の記憶が生々しく残る一九四八年です。小説『ペスト』刊行の翌年で、ペストを擬人化したとも読める、その名もペストという人物が登場しますが、全体主義的イデオロギーを体現する独裁者、という見立てがあてはまるようです。コロナ禍のさなか、これを俳優座の舞台上演のために翻訳した中村まり子さんのご希望で、本日はお集まりいただきました。松岡さんはシェイクスピア作品の全訳という大きなお仕事をされた翻訳家です。松井さんは時代小説の書き手でありつつ、歌舞伎に独自の演出をした武智鉄二のもとで芝居づくりを体験されています。中村さんは、なぜお二人に声をかけられたのでしょ

うか。

中村 なぜこの難解な作品の翻訳を引き受けてしまったかは、あとがきを読んでいただくとして、今回の対話をなぜ松岡さんにお願いしたかというと、私、イギリスでシェイクスピアを観るとき、耳で英語がわかったためしがないんですよ。英語だと思えない。何語だ、これは、という感じなんです。『ハムレット』を観たときも、「To be, or not to be: that is the question.」しかわからなかったんです。現代のものと古典的なもので、こんなにも言葉の構造に違いがあるのかと思いました。そんなとき、三十何本もシェイクスピア作品に取り組んでいる松岡さんのすごさを感じました。とにかく松岡さんに、どうしてできるんですか、って聞きたかったんです。

松井さんは歌舞伎の研究家であって、歌舞伎の演出助手もされていて、時代小説を書いていらっしゃる。松井さんの文章を読んでいると、漢字が多過ぎて頭が痛くなってきちゃうんですが、すごい文章力で、圧倒されてしまいます。歌舞伎がこれだけ血肉になっているということが、私から見ると神様のように見える。『戒厳令』の翻訳をやってみて、こんなに修飾語が多いのかと思いました。特にコーラスの台詞なんか、形容詞も多いし、リズムをちゃんとしないといけないので、ほんとに大変で。その点、歌舞伎の台詞は、そのエッセンスみたいなものですよね。それで松井さんの話をお聞きしたくて、お願いしました。

松岡 中村さんは、先訳者の大久保輝臣さんに恩恵を受けた、と謝辞を述べていらっしゃるけれど、私の方は、シェイクスピアの先行訳の多さといったら、すさまじいわけですよ。先に訳されたものをどの程度意識なさるかということを、むしろ私の方からお聞きしたい。この作品は、『正義の人びと』とは違って難しいとおっしゃったけれども、私はカミュの専門家でもないし、フランス語も読めないけれど、中村さんの訳文を読んだ限り、カミュは非常にギリシャ悲劇を意識していますね。

中村　意識しています。

松岡　コーラスが出てくるということ一つをとってもそうだし、街の厄介者のナダというキャラクターは、ギリシャ神話に出てくるカッサンドラを意識しているなと思ったのね。予言者だけど、誰からも信用されない。それと同時にペストというのが、人間なのか何かわからない。それこそ人類を滅ぼしかねない疫病の擬人化とも読めるし、逆にそういうものの象徴とも読める。そういう書き方は、シュールレアリスムだなと思いました。

中村　なるほど、そうかもしれません。

松岡　時代的にも、カミュがそういうものを総合して書いたんじゃないかと私は妄想するわけですよ。だから恐らく大変さというのも、そういうところにおのずからついてきているんじゃないかと思ってね。そういう意味でも、作品としてすごくおもしろかった。それから、まったく予備知識なしに俳優座のお芝居を観たんですが、読んでみて初めて、芝居ではこんなにカットされていたのかと気づきました。こんな美しいコーラスを、演出の眞鍋卓嗣さんも、泣く泣く切ったんだろうなと思いながら読んだのね。でも、舞台そのもののインパクトはすごくて、ペストと秘書の役が着ているものが超おしゃれで、格好いいんですよ。黒の革のロングコートを着て、白塗りなの、ペストだけが。秘書は紫色のシルクのような光沢のあるドレス。それがすごく衝撃だったんですよ。とても効果的だなと思ったので、まり子さんに聞きたいことなんだけれど、ペストはとても困った特殊なキャラクターですよね。まり子さん自身が、演出もなさるし、戯曲もお書きになるでしょう。訳しているときにどういうイメージだったんですか、特にペストについて。

中村 カミュの指定で、ペストは「太った中年の男」って書いてあったので、そうだと思っていました。俳優座の俳優さんのことはよく知らないけれど、そういう人がキャスティングされるんだろうと思って顔合わせに行ったら、スリムなんですよ。「ペスト役の野々山貴之です」、「ええーっ」ってびっくりしちゃって。そして、秘書役の清水直子さん。この人はうまいんですよ。

『戒厳令』は日本ではほとんど上演されていないんですが、フランス語版のYou Tubeは随分あるので、見たんです。そうしたら、白塗りしている人がペストをやっているのがあるんです。恐らく眞鍋さんは、いいなと思って、アイデアが浮かんだんじゃないかなと思います。

松岡 あの白塗りは、すごくよかった。顔だけ白いんだけども、それに徐々に、徐々に街中が支配されていく怖さというのがすごく出ていて、異物が入ってきたという感じ。そして秘書が、ノート……まさにあれは「デスノート」ですよね。いろいろ刺激のある戯曲だなと思いました。

中村 そうですね。でも私はそこまでギリシャ悲劇に詳しくないし、大まかなことしか知らないし、カミュについての専門家でもないし、『正義の人びと』を一本翻訳しただけなので、正直なところ、ほんとに行き詰まりました。だから松岡さんと松井さんを尊敬しちゃって、どうすればあんな文章が頭から出てくるんだろうと。

全体主義のメタファー

松井 私はこの芝居がすごくわかりやすく感じられました。たまたまコロナのときに上演されたから、多分ペストだと単純に連想してしまうけど、これって、全体主義の話ですよね。ペストというのは、完全に全体主義のメタファーですよね。だとしたら、小説の『ペスト』とは全然違う。

中村 カミュは、ヒトラーを非常に意識していると思います。

松井 感染者に印を貼っていくのはユダヤの星のようで、それで最初は私もナチスかと思ったんだけれど、実はどうもそれより後の全体主義なのではないかという気がします。カミュがこれを書いたときはもう戦後なので、ヒトラーというよりはむしろ共産主義の、それこそスターリンの世界を意識していたんじゃないかと思う。だから今これを出版するというのは、ぴったりなんじゃないかと思います。というのは、マイナンバーじゃないけどみんなに登録させて、労働そのものを均等に、集団で集約的にやるんだというような、そういう話が後半、二部の方に出てきますよね。一部ではそんなふうに思わなかったけれど、二部はソフホーズやコルホーズ、ソ連の労働形態に対する非常な警戒心というか、それによって自由というものが阻害されていくことを警戒する話なんだろうなと、私は読めたんですよ。最初は『戒厳令』というから、ペストに対して戒厳令が発せられる話だと単純に想像してたんだけれど、ペスト自身が出てきた段階で、あ、違う、これはメタファーなんだ。何のメタファーなんだろうと考えたとき、最初はナチかと思ったんだけど、もう少し後の共産主義なんだと気が付きました。

松岡 どうだろう、まだ共産主義に幻想を持ってたんじゃない？　一九四〇年代ですから。

松井 いや、どっちかというと、カミュは反共産主義になっていく人ですよね。日本人なら、共産主義にある種のシンパシーを感じていた時代というのがありますが、西洋諸国には一九四七年あたりだと共産主義への恐怖感があったんじゃないかなと思ったんですよ。例えばアイン・ランドの『水源』という小説は一九四三年に書かれたアメリカの小説ですが、リバタリアンの長大な小説で、有名な建築家ロイドの話なんだけれど、登場人物が非常に面白くて、その中に共産主義者がものすごく怖い怪物として描かれていく。つまり既に四三年には、西側の諸国の共産主義に対する大変な拒否感というものが、日本人には理解できないぐらいあるんだと思います。自由主義と全体主義の対立ですよね。第二次世界大戦ではヤルタ会談で手を結んだけど、それ以前から根強い反発が、実はあったはずなんですよ。ロシア革命は恐ろしいという単純な感情からのね。

中村 そうですよ。その前に訳した『正義の人びと』は、ロシア革命の前兆の話です。カミュは前書きで、この革命の志士たちを愛する、と書きました。ロシアを幸せな国にするために、俺たちはテロをするんだという人たちに、カミュは愛情を注いで書いた。ところがその結果できた国がソビエト連邦で、レーニンからスターリンになってしまって、これが死刑台に消えていった革命戦士たちの夢の世界だったのかと思うと、非常に悲しかったのでしょう。

『戒厳令』はその後で書いています。松井さんのおっしゃるとおり、全体主義にかなり意識があるのであれば、カミュ自身がどうやって変遷していったか、非常に興味があります。

松井 全体主義的な考え方というのは、自由に発想して物を書く作家にとっては、一番怖いことだと感じられます。右であれ、左であれね。そう考えると、カミュがこの『戒厳令』を戦後に書いていたあたりに、新たにやって来る全体主義への恐れが入っている。戦後、確かに共産主義に傾いた時代が、アメリカにも日本にもありました。だからこそ、それに対する怖さを書いたような気もするんですよ。

中村　なるほど。松井さん、やっぱり深いですね。

シェイクスピアとカミュ

松岡　ナダが名誉の話をディエゴとしますよね。「名誉って何だい？」と。シェイクスピアの『ヘンリー四世』の第一部五幕で、フォルスタッフというキャラクターが全く同じことを言う。「What is honour?」と。そして「それは空気だ」と答える。すごい名台詞があるんですよ。それこそ honour のために男たちがどんどん死んだり殺したりしているときに、フォルスタッフが「honour なんてくだらねえ」という台詞を、延々と。だからナダというキャラクターが、すごくおもしろいですね。

松井　最後にディエゴは民衆のための犠牲のような気持ちで死んでしまう。それなのにナダが、民衆たちはしょせんこんなもんだ、というふうに言ってしまうあたりが、逆にすごくおもしろいなと。なぜかというと、「民主主義って今もうやばいんじゃないの？」という感じを、今の私たちみんなが持っていますよね。国連やG7で何を言おうが、もう戦争は止められないわけだし。プーチンもそうだけれども、トランプを選んだのも、バイデンを選んだのも、結局、民主主義で選んだって、せいぜいあの程度の人物しか選べなくなってるよ、という感じを、みんなが思っている。そこに中国みたいな、民主主義なんてきれいごと言ってないで、優秀な人たちでやった方が世界はまとまるんだよということを言い出してしまっている国がある。そういう時代だからこそ、このくだりはおもしろいなと思いました。

松岡　ナダは面白かった。どの瞬間をとっても批判しているし、ぜんぜん部外者でいるわけじゃない。ちゃんと関わって中に入っているというのがね。だから『ヘンリー四世』のフォルスタッフと同じ台詞をしゃべっているというのはね。フォルスタッフは王子様の親友で、最終的に排除されるかわいそうな役なんだけれど。だから私は、カミュがフォルスタッフを意識してたのかな、と思うの。まったく同じ台詞なんだもの、「名誉って何だ？」って。それこそシェイクスピアをちょっとかじっている人に「名誉って何だ？」と言ったら、すぐにパッと「フォルスタッフ！」って思い浮かべるほど。ここを読んだだけで、カミュを離れてフォルスタッフに行く。世の中をちょっとはすに見ているというところも同じね。ここを読んで、ガーンという感じだった。ナダというキャラクターの面白さは、随所で感じる。トリックスターというやつですね。

松井　ナダはうがったことを言うんですよね。ディエゴよりもナダの方が、言っていることがおもしろい。それと、まり子さんを思い浮かべながら読んでいたんですけど、秘書がおもしろい。その文体がね。同じ女性だからかもしれないけど、翻訳の仕方がすごくうまいなと思いました。

中村　タイプとして、秘書は私に似ているかもしれない。

身にしみている美しい文体

中村 あの白塗りのペストの台詞もそうなんですけど、コーラスのところがね、朗唱なんですよ。ものすごく圧倒されるんです、原文読んでいてね。リズムとかスピードとか。修飾語や形容詞が美しくて、なおかつリズミカルじゃないといけない。そこで私は、三島由紀夫さんにやっぱり影響されていると、自分で思いました。最初に三島さんの劇団にいて、プロンプターをやっていましたから。参考になったのは、三島さんの戯曲の中では『癩王のテラス』という、北大路欣也さんがやったカンボジアの話です。カンボジアの自然を愛でる台詞がいっぱい出てくるんですよ。「ビンロウジュよ」とか、美しい言葉で、「緑のトカゲがまどろんでいる」とか。帝劇でやって、初演の方の付き人でいたんですけれど、毎日毎日稽古場から聞いていると、もうあまりの美しさに、それがしみ込んじゃうんです。『戒厳令』は特にコーラスのところを読んで、「あっ、三島の文体だ」って思いました。そうさせるぐらい、カミュの文体もきれいです。

松井 まり子さんの翻訳は、『正義の人びと』でもそう思ったけれど、だんだん最後の方が、三島さんみたいに読めてくるんですね。三島さんの文体が体に入っているのかなと思うぐらい、三島文体になっていく感じがします。

松岡　私はそういうことで言うと、唐十郎さんの言葉で訳せたらどんなにいいだろうということは、常に考える。そんなにたくさん読み込んでいるわけじゃないし、しみ込んでいるというのでもないんだけれども、テントに座ってて、パン、パンと来る言葉の心地よさとか、その弾け方とか、イメージがポンとぶつかるところとか、その場で感じますよね。「ああ、唐さんの言葉で訳せたらどんなにいいだろう」と、いつも感じてた。文章の切れで、何か勢いよく終わらせるときは「ア音」で終わらせるとか、そういうことを考えたり……。

それから、訳しているうちに発見したこともある。日本語の特徴なんだけど、サ行の言葉はだいたいいい意味なんですよ。サ行の形容詞とか、サ行のオノマトペというのは心地よいの。さらさら、そよそよ、爽やか、涼しいとかね。だから英語で読んでいても、心地よい言葉が出てくると、サ行の言葉ではめられないかなというのは考える。現代劇を訳していたときは、そんなことはまったく考えなかったんだけど、シェイクスピアを訳し始めてから考えるようになった。だから、まり子さんが「すごく体にしみてて、その美しさを全身で味わった」という三島の言葉が、翻訳の言葉に出てくるということ、よくわかります。コーラスの言葉、きれいだもの、どこをとっても。

松井　絵になってますよね。ほんとにきれいな、何というのかな、どちらかというと閉ざされた世界の話なのに、コーラスがパッと外に開いてくれるというか。よくできてますよね、戯曲が。

中村　途中でギブアップしたいときなんか、昔の翻訳をしょっちゅう引っ張り出してきて、どうやって訳したんだろうと。何か参考にできるとこないかな、みたいに思うの。でもやっぱり学者さんなので、非常に論理的で、学術的なんですけど、歌のようにはなってないんですよね。

松井　ならないですよねえ。まり子さんの翻訳は、さすがに役者さんがしてらっしゃるだけあって、すごく言いやすいというか、そういう翻訳になってると思いました。もちろん松岡さんもそうですけど、お二人の翻訳のすばらしさは、役者さんが言いたくなる、のびのびと言える台詞にしていらっしゃるところだと思います。

松岡　コーラスの「海へ！　海へ！　海こそ我らの救い。疫病も戦争も手出しが出来ない海！」。ここ、きれいなのよね。勢いがある。コーラスの言葉を耳で聞けたら、どんなによかったか。

中村　実際の芝居では、コロスは全部カットされましたから、悲しかった。

松井　非常に残念ですよね。「疫病も戦争も手出しが出来ない海」なんて、素晴らしい文句じゃないですか。

松岡　カットされたのは悲しいよね。だから、ほんとに読者に、音読してくださいって言いたいよね。

中村　劇場の規模や、上演時間の関係で、俳優座での上演では演出がかなり入りました。

重層的に織り込まれた台本

中村　カミュの『戒厳令』『正義の人びと』『誤解』の初演は、ぜんぶ主役が愛人のマリア・カザレスなんですよ。カミュは稽古場にいて楽しかったでしょうね。カミュは芝居で救われてたんだと思うんですよ。

松井　それはよくわかる気がする。この秘書も、ヴィクトリアも、女はすごいという話になっちゃう。

松岡　すごくすてきだなと思ったところがあってね。ディエゴとヴィクトリアが抱き合おうとしたときに秘書が現れて、二人の間に分け入って、「何してるの?」と聞き、ヴィクトリアが「恋よ、決まってるでしょ!」と答えるところね。すると、「シーッ! 口に出してはいけない言葉があるのよ、その言葉は禁じられてるの」と秘書が言う。恋という言葉が禁じられている。学生時代にゴダールの「アルファヴィル」という映画を見たんだけど、主人公が徘徊してると、取締官みたいなのが来るんですよ。それで質問をするの。「夜を昼に変えるものは何か」と。すると、主人公が「ポエジー」と言うの。それに私はしびれてね。恋という言葉が禁じられているので、それなら僕はポエジーでいこうと。だけど言った途端に逮捕されたのを思い出したの。ゴダールがカミュを読んでいないはずがないでしょう。あの「ポエジー」のもとはここだったんじゃないかと、私は妄想したの。何げないやりとりだけど、めちゃくちゃ恐ろしいし、それでいてきれいですよね。ここは、しびれましたね。

松井　管理をかいくぐっていくのは、アムール（愛）なんですよね。為政者は恐れるんですよ。アムールは身分も何もかもすべてを破壊していくものだから。

松岡　リベルテ（自由）とポエジー（詩）とアムール（愛）は、ぜんぶ一緒なのよ。いま世界が恐ろしいのは、ほんとに民主主義の、自由の危うさですよね。

松井　そうなんですよ。管理社会、監視社会にどんどんなっていく。これだけいろんな情報がすべて吸い取られていく中で、そうなっていかざるをえない。中国なんか、監視社会の方がみんな安全に過ごせるんじゃないかといってる感じですよね。ほんとに危ない時代だなと思います。

中村　観ていただいた俳優座の芝居は、まさにそうでしたね。同調主義の、監視社会の中にいる話。どんどんその中に取り込まれていく。怖いですよね。でも、最後の最後でディエゴは死んで、負けるんですけど、ヴィクトリアは生き残る。やっぱり女は生き残るんですね。男は死んで、女は残る。この部分は、自分が訳したとは思えないくらい、よく訳せた。最初は、こんな文章読んで何がおもしろいのかしらと思ったし、ほんとに大変でしたが。これでよく気が狂わなかったもんだと思いましたね。

松岡　そういうことなのよ。シェイクスピアもそうですよ。シェイクスピアのワンセンテンスに費やす時間で、現代劇の芝居の翻訳なら五〜六ページ分はいけちゃう。重層的だから、まずそれを分解するのに時間がかかるわけね。意味はどうなのか。でもその一層の下にまだ二層目、三層目の意味が隠れている。イメージがそこにかぶさっている。翻訳というのは、選択と断念ででき上がっている。何かは諦めなきゃならない。結局その取捨選択というか、何を選択して、何を諦めるかというのは、翻訳者によって違うから。

中村 宮崎嶺雄さんや大久保輝臣先生の翻訳を読むと、研究するならこれを読んでください、という感じですね。でも戯曲は、俳優座に渡すときでも出版するときでも、ほんとに俳優が言いやすいかどうか、客が耳で聞いてすぐわかるかどうかに尽きると思う。そうすると、五十年前の翻訳は、『正義の人びと』も『戒厳令』も、わからないんですよね。黙読して理解できても、論文のようにしか見えない。耳で聞いたらどうだろうと考えると、ああ、だめだ、と。「先生、もうちょっと砕いて書いといて」と思ったりして。ラブシーンでも、全然ラブシーンが成立しないんですよ、学者の先生の翻訳だと。ですます調でしゃべってるみたいなね。そんなことあり得ないでしょう。肉体関係もあって、愛し合っているのに。最後になって、革命戦士同士が恋をするってどういうことだろう、というところで終わるのに。

――日本で『戒厳令』が上演されたことはないのですか?

中村 上演記録が残ってないんです。やったところはあるのかもしれないけど、私もわかりません。大手の劇団で『戒厳令』をやったのは、俳優座が初めてぐらいかもしれません。

――いま、完全監視社会、中国の問題があり、ロシアとウクライナの問題がある。EUとロシアの問題、ファシズムとコミュニズムの問題がいま噴き出ている。カミュは三十代半ばで、こういう問題を意識させる作品を残したというわけですね。『ペスト』だけじゃなく、これからまだまだいろんな形で読まれていくのではないかと思いました。こういう戯曲を日本で上演することが必要な時代だと思います。

中村 できればカミュの作品は、ばらばらに役者を集めるよりも、俳優座で上演したみたいに劇団単位でやった方がまとまりやすいと思います。しょっちゅう一緒にやってる人たちの方が、作品的には完成度が上がるんじゃないかなと。

芝居における「疫病」

松井 松岡さん、何か疫病が出てくるシェイクスピアの作品はあるんですか。

松岡 『ロミオとジュリエット』。ペストです。ロレンス神父がジュリエットに薬を渡す。四二時間、仮死状態になる薬です。死んだことになっているけど、実は生きているから、目覚めの時間に迎えに来いよ、というようなことをしたためた手紙をロミオに届けようとするんだけれど、手紙を託された修道士が疫病の濃厚接触者になって届けられなかったんです。

中村 そういうことだったんですか。

松岡　真相を知らないから、ロミオはジュリエットが死んだと思って、自分も命を絶ってしまう。目覚めたジュリエットは、死んだロミオを見て死ぬ。疫病とは、ペストなんです。ロンドンでは一五九二―九三年あたりに、大きなペストの流行がありました。劇場は閉じられ、再開して初めてやった何本かの芝居の中に『ロミオとジュリエット』が入っています。シェイクスピアにとって、ペストは直近の情報なんですよ。

松井　歌舞伎にも、疫病が出てくる芝居があるんですよ。「けいせい天羽衣」という十八世紀半ばの芝居で、当時疫病が流行していたのを逆手に取って、謀反人の主人公が疫病神の扮装で登場します。『戒厳令』を読んだとき、ああ、そういえばそういう芝居があったなあと想い出しました。その芝居の中では「トンコロリ」と呼ばれる疫病で、当時どうもコレラみたいな病気が流行ったらしいんですよ。で、その流行病を免れるために家の軒先に「キノニノヤノハノモノ　北川惣左衛門宿」と書いたお札を貼っておいたから、芝居の中では「キノニノヤノハノモノ」が謀反人仲間の合い詞になっています。また「北川惣左衛門宿」というふうに、ここはダレソレの住まいだから疫病は通過しろ、という旨のお札を貼る習慣は今も日本各地に残っていて、「蘇民将来之子孫也」と書いた護符はご存知でしょうか。京都だと祇園祭で配る厄除けのチマキにその護符が貼ってあります。余談になりますが、お札を貼って魔除けをするのはどうやら東アジア一帯の慣習だったのかもしれません。「怪談牡丹灯籠」はもともと中国のお話ですし、映画で一時流行ったキョンシー（中国のゾンビ）もたしかそうでしたよね。

「支配されたという罪」

――ファシズムの問題に戻りますが、行政、政府が行う「上からのお達し」に無意識に従うという風潮は、気になります。

松岡　そうですね。この作品では、伝達して、それを徹底させるのが「秘書」です。読みながら、どうして秘書がいるんだろうと考えたの。それで、そういう結論に達したんです。ペストだけでは、支配はできない。秘書が伝達して、徹底させる、そういうパートの象徴だと思いました。

松井　秘書が「生まれつき支配されたという罪を背負ってるの」と言うじゃないですか。これはすごい台詞ですよ。「罪」と言っている。

松岡　自分で考えて、自分で判断して、自分で行動するというのはしんどいことだから、言うとおりにした方が楽ちん、というのは、圧倒的にいるのよ。

松井　そうなんですね、専制主義の方が楽だという人がいるんですよね。それと、この戯曲でおもしろいと思ったのは、判事の一家が崩壊していく、その描き方がおもしろい。結局、全体主義的な状況になっていくと、家庭まで崩壊してしまうという描かれ方ですよね。

みんなが互いに信じられなくなる。つまり人間社会の究極のカタストロフです。この崩壊は、あっという間の出来事ですよね。誰にも愛がない。この描き方はすごいと思った。今までは平穏に見えていたのが、ペストが入り込むことによって、相互の不信感が暴かれていく。ナチでもそうなんだけど、そういう専制主義、全体主義ふうなものが入り込んでくると、互いに密告し合って、人間関係がどんどん崩壊していくということですよね。

中村 日本も今、ちょっと怖いですしね。

松岡 怖いよ、ほんとうに。

中村 わたし、今日の鼎談、本当に感謝しているんです。お二人がよく引き受けてくださったと思って、とてもうれしくて。フランス語の翻訳は、自分たちがやる芝居では勝手にしてましたけれど、まさか頼まれるとか、俳優座で上演されるとか、そうやって世界が広がるなんて、夢にも思いませんでした。俳優座の稽古場なんて、足を踏み入れたこともなかった。現代ものならわかるんですけど、カミュというのもびっくりしました。私に翻訳を頼むなんて、よく頼んでくださったと。ご縁ですね。

松岡 良かった、こうして活字になって、ほんとうに。

松井 本になるのも良かった。

中村 本になって、芝居をやりたいと有志が手を挙げてくれたら、ぜひコーラスのところを上演の際にやってほしいと思います。

（二〇二二年六月三十日　於：藤原書店　催合庵）

解説

岩切正一郎

東日本大震災の時にも、新型コロナウイルスのパンデミックの時にも、多くの人がカミュの小説『ペスト』（一九四七年）を手に取って読んだ。社会が巨大な災厄に襲われた時、その状況をどのように受け止め、どのように人は連帯し立ち向かえば良いのか。自分たちの抱えている不安や個々人の思考はどのような意味を持つのか。ペストが蔓延するアルジェリアの海浜都市オランを物語の場所とする『ペスト』は、そのことについて私たちに多くの示唆を与えてくれる。

『戒厳令』（初演一九四八年）も、舞台は同じように海辺の町。スペイン南部のカディスがペストに襲われる。

同じように襲われるとはいえ、小説と違って、戯曲のペストは、細菌として扱われるのではなく、登場人物として擬人化され、言葉を喋り、行動する。『ペスト』も、理不尽に人を殺す災厄、あるいは悪と、それに立ち向かう人間的連帯やモラルのアレゴリーとして読むことはできるが、『戒厳令』は、独裁政治と死という観念をそれぞれペストという男とその女秘書によって擬人化している点で、よりはっきりと、アレゴリーの戯曲である。[1] 人間から自由を奪い、人を管理し、死をもたらす、全体主義・独裁政治のアレゴリー。『戒厳令』のペストは、肉体を蝕む病という現象を伴ってはいるけれど、時代をペスト菌発見前に設定することで、抗菌薬で治療できる病ではなくなっている。むしろそれは生殺与奪の力を持つ権力者を前にした市民の、恐怖でいっぱいの魂の病である。その点、ローマ皇帝カリギュラが、小さく笑いながら「このわたしがペストの代わりを務める」(第四幕、第九場)と宣言するカミュの戯曲『カリギュラ』(初演一九四五年)と深く響き合っている。

カミュは、一九四一年十月の『手帖』に、「ペスト〔…〕一三四二年―ヨーロッパに黒死病。ユダヤ人が虐殺された。／一四八一年―ペストがスペイン南部を襲う。異端審問所は、「ユダヤ人」と言う。だがペストは異端審問所判事を死なせる。」と記している。また同年の少し前の記述には「幸福な町。人は異なったシステムに従って生きている。ペストが全てのシステムを還元する。とはいえ彼らはやはり死ぬ」とも記している。『手帖』に初めて「ペスト」という語が姿を見せるのは一九四〇年十月のことだが、すでに一九三九年の『カリギュラ』タイプ稿に先に引用したカリギュラの台詞は入っていた。[2] ペストは、不条理三部作(『異邦人』、

『カリギュラ』、『シーシュポスの神話』）を執筆している時期に、同時にカミュの関心事だった。『戒厳令』は初演の年にガリマール社から出版された。その「巻頭の言葉」にカミュは記している。「一九四一年、バローはペストの神話をめぐるスペクタクルを舞台に掛けようという考えを持った。その考えはすでにアントナン・アルトーを誘惑していたものでもあった。」アルトーの『演劇とその分身』（一九三八年）のなかでアルトーはこう書いていた。「人間的な観点からすると、演劇の作用は、ペストの作用と同様、恩恵をもたらすものなのである、というのも人間たちにありのままの自分の姿を見るようにと促すその作用のお蔭で、仮面が脱げ落ちるからだ」（「演劇とペスト」）。バローはアルトーの見方で『戒厳令』を捉えていて、ペストは「救済をもたらす効果」を持っていると考えていた。カミュにとってのペストは、独裁者の表象、悪の表象だった。その違いはあるものの、死の恐怖を乗り越えることや反抗という観念において二人は一致していた。(3) アルトー的な要素も忘れられてはいない。〈死〉からノートを奪ったときに民衆が溺れる解き放たれた復讐心、ペストに感染したディエゴがヴィクトリアに言い放つ「君の愛も僕と一緒に腐って行くんだ」（一一三頁）というエゴイズム、妻が判事に言う「とうとうその時が来たのよ、ペストのおできを潰して膿を出す時が」（一〇八頁）という最後通牒、そうした行動や台詞には、人間が「ありのままの自分の姿」をさらけ出している様が映し出されている。

ジャン＝ルイ・バローは俳優・演出家で、映画『天井桟敷の人々』のバティスト役（パントマイム）によって日本でも広く知られている。彼が妻のマドレーヌ・ルノーと一九四六年に旗揚げしたルノー＝バロー劇団の劇場マリニー座で、『戒厳令』は、バローの演出、音楽アルチュール・オネゲル、美術と衣裳は画家のバルチュスが担当して初演された。バローがディエゴ役、ルノーが秘書役、ヴィクトリアをカミュの最愛の恋人マリア・カザレスが演じた。死体運搬人はマルセル・マルソーが演じている。

「巻頭の言葉」によれば、一九四一年以降、バローは、ダニエル・デフォーの『ペストの年の日記』を脚色するほうが簡単だという考えになり、それを元にした演出案を構想していた。そしてカミュのほうでも同じペストのテーマで小説を出版する予定であることを知ったバローは、この素案に沿って台詞を書いて欲しいとカミュに提案してきた。だがカミュは、デフォーを元にするよりも最初の着想へ戻ることをバローに勧めた。カミュはこう書いている。「結局、一九四八年の観客全員にとって理解できるものとなるような一個の神話を想像することが重要だった。『戒厳令』はこの試みの例証である。自分で言うのも何だが、そこに人々が興味を示す価値はあると思う。」こう自負を見せながらもカミュは幾つかの留意点を記す。一点目は、この戯曲は小説のアダプテーションではない、ということ。二点目は、この戯曲は古典的な構成を持つ作品ではなく、スペクタクルであり、劇的表現のあらゆる形態を混在させようとした、ということ。この「あらゆる形態」とは、抒情的モノローグから集団演劇へ到るなかに、無言の所作や、単純な会話や、笑劇や、コロスを含むものだ。三点目は、テクストはカミュ自身の手になるものではあるが、バローとの共同作業の産物にほかならない、ということ。

実際、『戒厳令』は幕や場ではなく各パートからなる三部構成になっている。群衆の配役も多く、また、ギリシャ劇のようなコロス（本書では「コーラス」）の台詞もあるし、第一部の始めの方でディエゴがヴィクトリアへ朗唱するのは八音節四行からなるスペイン民謡の「コプラ」（copla）(4) である。

カミュはこうした形を採り入れながら、フランス演劇のなかで失われていた身体的な現実を舞台へ取り戻そうと考えていた(5)。

カミュは最初『災禍』や『風立ちぬ』といったタイトルを考えていたが、バローと一緒に『異端審問所』等々の案を出し合い、最終的に『戒厳令』に決まったのである。

初演では、ペストを演じたピエール・ベルタンは黒い小さな口ひげを付け、衣裳はナチの軍服だった(6)。ヒトラーの独裁政治への参照は明白だが、カミュはアメリカ版序文の草稿に、自分が告発したいのは「単にヒトラーの独裁政治だけではなく、一切の全体主義体制なのであり、そこには共産主義体制も含まれる」と書いていた（その箇所は結局は削除することになった）。

初演の評判は散々なものだった。一九五七年の戯曲集アメリカ版（英訳版）に付された序文にカミュは書いている。「これほど完璧な酷評を受けた作品というのも稀だろう。」だがこの戯曲は、カミュに言わせれば、「私の著作の中で、その欠点も含めて最も私に似ている作品なのだ」。カミュはこの序文で、彼が意図したのは、ヨーロッパ中世の教訓劇のような、アレゴリーの戯曲で、それは専制君主と奴隷の時代における自由をめぐるアレゴリー、端的に言って、自由についての戯曲なのだと説明している。

劇中の二人の婚約者ディエゴとヴィクトリアには、アルベール・カミュとマリア・カザレスの愛が投影されている。マリアはスペイン出身で、『戒厳令』上演時のスペインにはフランコによる独裁政治が敷かれていた。その意味では、戯曲はフランコの独裁政治に対する反抗のアレゴリーにもなっている。カミュ自身、舞台をなぜ東欧諸国ではなくスペインにしたのかと問われ、西欧の民主主義国家がフランコ体制のスペインを容認しているからだ、と答えている。(7) カミュの母親の一家もスペイン、メノルカ島の出身だった。戯曲の舞台として設定されたスペインの町カディスで、ペストと死の支配に打ち勝つ唯一の手段は、死を恐れない勇気なのだと戯曲は我々に告げている。とはいえ、その勝利の代償にはディエゴの死があり、しかもその死は孤独の中へ突き放されてしまっている。劇場を出る観客の胸には奇妙な感情が渦巻くことだろう。

＊

一九四八年ではなく、二〇二〇年以降の日本の観客にとって、この「神話」は、ペストをコロナに置き換えることで、とても現実的なインパクトを持っている。ペスト氏が町の実権を握った際に発布する法令は、まるで緊急事態宣言の規制のようだ。と同時に、政治的、社会的にますますその度合いを強める監視社会および管理社会のアレゴリーとして迫ってくる。ペストと死の条例は、「市民全員が統制の取れた規則の中で生活を始める」というものであり（五八頁）、第二部の冒頭でペストは、監視のために塔を建て、街の周囲に有刺鉄線を張り巡らせるよう命令する。最初に反抗するのは漁師で、仕事柄、海とつながっているのは象徴的だ。というのも、このアレゴリックな戯曲では、劇の最後で同じ漁師が言うように、海は反逆者の祖国、海の風はペストの支配からの解放を象徴しているからである。アレゴリックな世界では自然も自然には振る舞わない。第二部冒頭、漁師は文書による管理に異を唱える。彼の対極にいるのは、スペイン語で「無」を表す語（nada）が名前の虚無主義者ナダで、彼は「この国の役人」、ペストの王国の官僚に採用される。ペストと死は常に連れ立っていて、それが市民の一人である無と組み、支配体制を作るのだ。カミュはデフォーの『ペストの年の日記』（一七二二年）を綿密に読み、「プロローグ」で「声」がいう「おお！　偉大で残酷な神よ！」も、その小説のなかで貧相な裸体の男がわめく「おお、神よ！　大いなる、恐るべき神よ」[8]から借用した台詞だ。この本には、疫病が猖獗をきわめたとき、ロンドン市民は「恐怖のあまりみずからなすところを知らず、いっさいを投げだしてしまったのだ。そして、どんな規則も方法も全部無意味で、前途には、ただはてしなき荒廃以外なにもない、とあきらめきっていた」とも書かれている。[9]ナダはそのような感情の代表でもあるだろう。この「無」は、『正義の人びと』において、友愛と正義のためのテロリズムと対立して、無制限の破壊を肯定するニヒリズムとも通じあっている。

ペスト＝死＝虚無に対抗する主な人物は、漁師のほかに、医学生ディエゴとその婚約者で判事の娘のヴィクトリアである。ディエゴは「名誉」(l'honneur) を渇望している（一六三頁）のだが、プロローグのとき、まだペスト氏と女秘書が登場する前には、その名誉心も「役には立たない」、と考えていた。疫病の状況は彼の力を越えていて、彼は「無力感でいっぱい」（四七頁）になる。彼が死を恐れるのは、死ぬには余りにも若く、余りにもヴィクトリアを愛しているからだ（「僕は若い、そして君をこんなに愛している。死んでたまるか」（四八頁））。こうして彼は、始めの頃はペストに恐怖を感じ、そのような自分を恥じていた（「ああ、僕は恥ずかしい〔…〕僕は怖いんだ」（四八―四九頁））。この告白のあと舞台に聞こえるのは、スペイン民謡のリズムに合わせて歩くコロスの声、その声は「この世は全てが嘘っぱち、死ぬこと以外に真実はない」と歌っている（四九頁）。

このシーンのあとで、ペスト氏と女秘書が登場する。ディエゴにとっての敵はこのとき初めてはっきりと同定される。死によって人間を管理し支配する独裁者。おそらく、ディエゴのなかの人間的な信義は、もう一度そこで焼きを入れ直され、復活したのだろう。

死を統治手段として管理するペストと、彼の秘書である〈死〉は、完全に思いが一致してはいない。戯曲の最後のほうで老婆の姿となった〈死〉は、ペストと組む以前は、自分は「自由で、行き当たりばったり」（一六五頁）で、人間と共にあった、だがペストは自分を「論理と規則に従わせ」、そのために手が汚れたと不平を言う。「人助け」（一六五頁）をしていた死は、今ではペストの言う「機械」（一六七頁）、つまりシステム化された官僚機構によって生み出される死として嫌われていることを悲しむのだ。このとき彼女が持ち出す「憐れみ」(pitié) は、人間を、そして死までを、人間的なものにしてくれる観念としてとても重要だ。ペストは「俺たちに憐れみなどは不要だ」と怒る。ペスト、すなわち独裁者は、「本物の支配者」、真の王であると自負しており、人々は恐怖を学ぶべきだと主張する（一六七頁）。独裁政治とはつまり恐怖政治にほかならない。ペストが知っている唯一の忠実さとは、「軽蔑」（一六一頁）である。カミュの『カリギュラ』第二幕の終わりで、詩人のシピオンに、自分が擦り切れてしまったと感じるとき、最後に支えてくれる優しさはあなたのなかにはないのかと問われたカリギュラは、「あることはある」と言い、ゆっくりと「軽蔑だ」と言う。ペストとカリギュラの一致点のひとつだ。

劇の台詞の構造的な配置からすると、このペストが持ち出す理屈に対置されるものが、カミュの支持する、そして我々読者、観劇者が大切な価値として受け止めるものになる。つまりそれは、愛、憐れみ、潔白、善良さ、自由、勇気だ。

現代の日本人には、とりわけそのなかの愛のあり方については、ジェンダー的な観点から批判的な印象を持つ人もいるだろう。ディエゴとヴィクトリアの関係のなかで、彼女は「私は自分の愛しか信じない！　何も怖くない」と言い、たとえ死ぬときも「私は幸せだって叫びながら」彼と一緒に倒れるのだと言う（一一六頁）。不正のもとでは、男であるディエゴは正義を求め、女であるヴィクトリアは愛と幸福を求めるという役割分担ができている（一一七―一一八頁）。女たちのコーラスは、自分たちがここにいるのは、日々のカーネーション、牝羊の黒い羊毛、スペインの匂いを男たちに思い出させるためであり、骨格では男に負ける自分たちの、「身体の花のような香り」（一三八頁）を、その肉の花を忘れないで欲しいと男たちに宣言する。ヴィクトリアの身体がペストで死にそうになっているとき、女たちのコーラスは「ヴィクトリアの身体はお前の祖国だったのに！」とディエゴを糾弾する（一五四頁）。

これはカミュの世界に一貫する構造化だ。彼の戯曲『誤解』（一九四四年初演）でも、母と妹を幸せにする夢を抱いてそっと帰郷したジャンに、妻のマリアは言う。「あなたにはいろんな夢がある、いろんな義務って言っても同じ。何かっていうとそこへ逃げこむ。」そしてこう続ける。「男って本当の愛し方知らないのよ。いっつも何かに不満で。知っていることっていえば、夢をみること、新しい義務を思い描くこと、新しい国と新しい住まいを探すこと、そんなのばっかり。でも、わたしたちは違う。女は知ってるわ、大切なのはさっさと愛すること、ベッドを共にして、手を握り合って、相手がいないのを怖れることだって。愛していれば夢なんて見ない。」[10]（第一幕、第四場）

これと同じ考え方のもと、スペインの港町の女たちはさらに残酷なことをディエゴに、そして男全員に向かって言う、「この男に災いを！　私たちの身体を見捨てる全ての男に災いを！」と。「男は観念のほうを好む。母から逃げ、恋人から離れ、当てもなく走り〔…〕孤独から孤独へと彷徨《さまよ》うの」（一七三頁）。この呪詛を聞きながらディエゴは死ぬのである。『誤解』でジャンが死に、『カリギュラ』でカリギュラが死ぬように。東浦弘樹氏が「「愛」よりも「観念」を好み、この世を作り直そうとする男は孤独に死んでいくしかない」と指摘する通りだ。[11]

ディエゴはペストに取引を持ちかけた。瀕死のヴィクトリアの身代わりとなって自分が死ぬことを申し出たのだ。ペストは別の取引を持ちかける。もしこの町をペストの好きにさせてくれるなら、ペストのほうではふたりを共に生かし、逃がしてやろうというのだ。だがディエゴは、市民を犠牲にしてまで婚約者との愛に生きることは拒否し、自らの死と引き替えにヴィクトリアの命と町の自由を選ぶ。そして実際、町は救われる。もし彼がペストの言葉を信じ、ヴィクトリアとの愛のために市民の自由を犠牲にしていたら、彼はその利己主義によって、町はペストの支配下に落ち、ふたり共死ぬことになっていた（一六二頁）。権力の奸計にたぶらかされ、うかうかと甘言に乗っていたら、ディエゴは全てを失っていた。彼はその「最後の試練に打ち勝った」（一六二頁）のである。だがヴィクトリアにしてみれば、彼は義務に生きることで愛を裏切った男なのだ。

とはいえ、ディエゴもまた全体主義の支配に対抗し、自然の側についている人間だ。彼が女秘書に投げつける叫びは、そのあまりのロマン主義的な素朴さで〈死〉を笑わせてしまうほどだが、生産性や効率や機能を求める現代社会のなかでも肩をすくめられてしまうかも知れない、それを心で受け止められない者たちからは。彼は糾弾する、「お前らは全てのものが数字と申請書で済むと信じていた！　でもお前らの使う専門用語の中には忘れられている肝心なものがあることを分かっていない」（一三〇頁）と。管理する支配者は忘れている、野バラを、空の星を、夏の面差しを、海の深い声を、心の引き裂かれる瞬間を、人間たちの怒りを……嘘や隠蔽や傲慢さや中傷で傷んでいる社会のなかで、独裁者が戦争を起こしている戦場で、権力の尺度からこぼれ落ちる我々の自発性、自由、心情、自然、血潮や命のエネルギー、それら、人生において生きるに値するものへ、ペスト＝死＝虚無とあらがう戯曲のなかの声は、さまざまな矛盾をはらみながら、我々を送り返してくれる力を持っている。

コロナ禍の二〇二一年九月、私は俳優座五階の稽古場（現・俳優座スタジオ）で上演された中村まり子訳のこの芝居（演出・眞鍋卓嗣）を観に行った。配布されたプログラムには、まり子氏の文章が載っていて、苦労して全部訳したのにカットもたくさん入り、難しいし、もう懲りごり、といったことがユーモアあふれる筆致で書かれていた。芝居は私を強く魅了した。優れた舞台を支えたからこそ言える言葉だったのだ。その完全版台本が、こうして、全編読める形で出版されるのは大変嬉しい。

（いわきり・しょういちろう／国際基督教大学教授・フランス文学）

＊

注

（1）フランス語ではペストも死も女性名詞だが、「死」は、一七世紀のリパ（Ripa）のイコノロジーの書に骸骨が女性の服装をしている図で表わされてもいるように、伝統的に女性の姿で形象され、『戒厳令』では最後に秘書が「死の仮面を被った老婆」の正体を現す。

（2）Marie-Thérèse Blondeau による『ペスト』解題。Albert Camus, *Œuvres complètes t.II 1944-1948*, Gallimard, « Bibliothèque de la pléiade », 2006, p. 1133.

(3) Vincenzo Mazza, *Albert Camus et L'État de siège : Genèse d'un spectacle*, Classiques Garnier, 2017, p. 359.

(4) David Walker による注。Camus, *Œuvres complètes t.II, ibid.*, p. 1230.

(5) David Walker の解題。*Ibid.*, p. 1208.（本稿はこの解題に多くを負っている）

(6) Madalina Grigore-Muresan, « Pouvoir politique et violence dans l'œuvre d'Albert Camus : La figure du tyran dans *Caligula* et *L'État de siège* », *Albert Camus 22, Camus et l'Histoire*, lettres modernes minard, 2009.

(7) オリヴィエ・トッド『アルベール・カミュ〈ある一生〉』（下）、有田英也・稲田晴年訳、毎日新聞社、二〇〇一年、一三三頁。

(8) デフォー『ペスト』（平井正穂訳）、中公文庫、二〇二〇年（一九七三年）、四三頁。

(9) 同書、三一三頁。

(10)『悲劇喜劇』（早川書房）、二〇一八年十一月号に所収の『誤解』（拙訳）。

(11) 東浦弘樹「新型コロナウイルスとカミュの『ペスト』」、『人文論究』、関西学院大学、二〇二一年、七一巻、一一九―一四一頁。なお、同氏の「サルトルの『蝿』とカミュの『戒厳令』」（『年報・フランス研究』、関西学院大学、二〇〇二年、三六号、七七―八八頁）に本戯曲が詳しく分析・解釈されているので参照されたい。

著者紹介

アルベール・カミュ（Albert Camus, 1913-60）

仏領アルジェリア出身。生後一年でフランス人入植者の父が第一次大戦で戦死。兄、耳が不自由な母とともに祖母の家で暮らし、生活は貧困の中にあった。高等中学在学中の 17 歳時に重い結核に罹患。1932 年、アルジェ大学文学部に進学、哲学を専攻。学位論文『キリスト教形而上学とネオプラトニズム』(1936 年)。大学卒業後、1938 年にアルジェの新聞の記者となり、また劇団活動も。1940 年、反政府活動によりアルジェリアからの退去命令を受けフランス本土に渡る。第二次大戦中から『コンバ』紙主筆としてレジスタンス運動。1942 年の小説『異邦人』、評論『シーシュポスの神話』等で打ち出した“不条理”の哲学で注目され、1947 年の小説『ペスト』はベストセラーに。劇作家としては『カリギュラ』『誤解』『戒厳令』（本作）『正義の人びと』などの戯曲を残した。1951 年、『反抗的人間』を契機にサルトルと論争。政治における暴力の問題に苦悩。1954 年アルジェリア戦争に際しても言論への賛同を得られず次第に孤立。1956 年『転落』発表後、1957 年、43 歳の若さでノーベル文学賞を受賞。1960 年、サンス～パリ間の通称ヴィルブルヴァンで自動車事故により 46 歳で死去。

〈主な作品〉

小説『異邦人』（1942）、『ペスト』（1947）、『転落』（1956）、『追放と王国』（1957）

戯曲『カリギュラ』（1944）、『誤解』（1944）、『戒厳令』（1948、本作）、『正義の人びと』（1949）

エッセイ、評論等『裏と表』（1937）、『結婚』（1939）、『シーシュポスの神話』（1942）、『反抗的人間』（1951）、『夏』（1954）　他多数。

訳者紹介

中村まり子（なかむら・まりこ）

東京都出身。文化学院大学部仏文科中退。子供時代から父（中村伸郎）の在籍した劇団文学座、NLT の舞台に子役として出演。
1969 ～ 72 年、劇団 浪曼劇場（三島由紀夫 主宰）に在籍。
1972 ～ 73 年、現代演劇協会　劇団 雲に在籍。
1972 年、パリ・ユシェット座にて「ベラ・レーヌ演劇教室」に参加。
1972 ～ 88 年、渋谷ジァンジァン“金曜夜 10 時劇場”イヨネスコ作「授業」15 年ロングラン。
1980 年より演劇企画ユニット〈パニック・シアター〉を主宰し、現在に至る。
2007 年、湯浅芳子賞・戯曲上演部門賞。
2013 年、第 6 回小田島雄志・翻訳戯曲賞。
【主な出演作品】
〔舞台〕　「サロメ」「地球は丸い」（浪曼劇場）　他
〔映画〕　「12 人の優しい日本人」（中原俊監督）　他
また、テレビ、ラジオドラマ、ナレーション等多数出演。

戒厳令《かいげんれい》

2023年 11月 30日　初版第 1 刷発行©

訳　者　中村まり子
発行者　藤原良雄
発行所　株式会社　藤原書店

〒 162-0041　東京都新宿区早稲田鶴巻町 523
電　話　03（5272）0301
FAX　03（5272）0450
振　替　00160 - 4 - 17013
info@fujiwara-shoten.co.jp

印刷・製本　中央精版印刷

落丁本・乱丁本はお取替えいたします
定価はカバーに表示してあります

Printed in Japan
ISBN978-4-86578-405-3

＊本作の上演希望はお問い合わせ下さい。

「世界文学」の旗手による必読の一冊！

吾輩は日本作家である

D・ラフェリエール
立花英裕訳

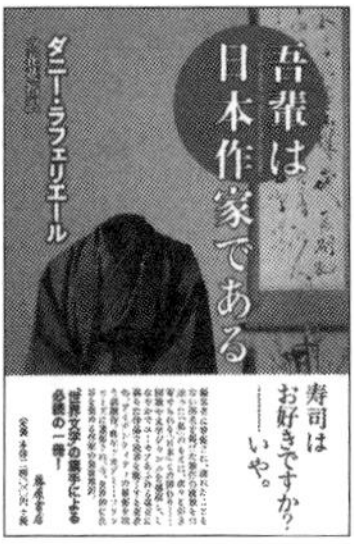

編集者に督促され、訪れたこともない国名を掲げた新作の構想を口走った「私」のもとに、次々と引き寄せられる「日本」との関わり——国籍や文学ジャンルを越境し、しなやかでユーモアあふれる箴言に満ちた作品で読者を魅了する著者の話題作。

四六上製　二八八頁　**二四〇〇円**
（二〇一四年八月刊）
◇978-4-89434-982-7
JE SUIS UN ÉCRIVAIN JAPONAIS　Dany LAFERRIÈRE

新しい町に到着したばかりの人へ

甘い漂流

D・ラフェリエール
小倉和子訳

一九七六年、夏。オリンピックに沸くカナダ・モントリオールに、母国ハイチの秘密警察から逃れて到着した、二十三歳の黒人青年。熱帯で育まれた亡命ジャーナリストの目に映る〝新しい町〟の光と闇——芭蕉をこよなく愛する作家が、一瞬の鮮烈なイメージを俳句のように切り取る。

四六上製　三二八頁　**二八〇〇円**
（二〇一四年八月刊）
◇978-4-89434-985-8
CHRONIQUE DE LA DÉRIVE DOUCE　Dany LAFERRIÈRE

交錯する性と死。もっとも古い神話。

エロシマ

D・ラフェリエール
立花英裕訳

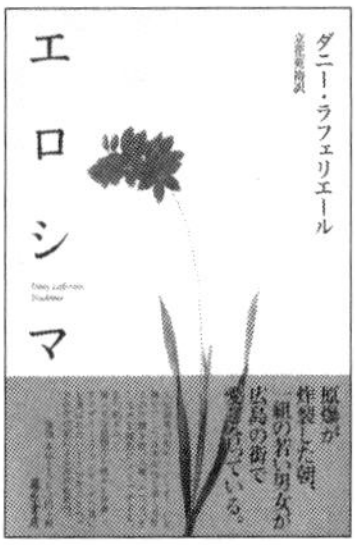

「原爆が炸裂した朝、一組の若い男女が広島の街で愛し合っている」——文化混淆の街モントリオールを舞台にした日本女性と黒人男性との同棲生活。人種、エロス、そして死を鮮烈にスケッチする、俳句的ポエジー。破天荒な話題作を続々と発表し、アカデミー・フランセーズ会員にも選ばれたハイチ出身のケベック在住作家による邦訳最新刊。

四六上製　二〇〇頁　**一八〇〇円**
（二〇一八年七月刊）
◇978-4-86578-182-3
EROSHIMA　Dany LAFERRIÈRE

「私が何をしているのか知りたくて、私は本を書いた」

書くこと　生きること

（ベルナール・マニエとの対話）
D・ラフェリエール
小倉和子訳

『ニグロと疲れないでセックスする方法』で「黒人作家」という〝レッテル〟を鮮やかに転倒してみせた著者が、ハイチでの幼年期、亡命した父、九歳でカクテルを飲みつつA・モーロワを読んだこと、自作の意図等をつぶさに語る。

四六上製　四〇〇頁　**二八〇〇円**
（二〇一九年九月刊）
◇978-4-86578-234-9
J'ÉCRIS COMME JE VIS　Dany LAFERRIÈRE

〝越境する演劇人〟の全貌

佐野碩―人と仕事 1905-1966

菅孝行編

「メキシコ演劇の父」と称される〝越境する演劇人〟、佐野碩。日本／ソ連・ロシア／ドイツ／メキシコ、および演劇／映画／社会運動など、国境・専門領域を超えた執筆陣による学際的論集と、佐野が各国で残した論考を初集成した、貴重な〝佐野碩著作選〟の二部構成。

A5上製　八〇〇頁　**口絵八頁**　**九五〇〇円**
（二〇一五年一二月刊）◇978-4-86578-055-0

ベケットが更新し続けた『ゴドー』の神髄

改訂を重ねる『ゴドーを待ちながら』（演出家としてのベケット）

堀　真理子

一九五三年に初演され、現代演劇に決定的な影響を与えた戯曲『ゴドーを待ちながら』。ベケット自身が最晩年まで取り組んだ数百か所の台本改訂と詳細な「演出ノート」によって、ベケットが作品に託した意図を詳細に読み解き、常にアップデートされながら、生き続ける作品『ゴドー』の真価を問う。

第28回吉田秀和賞

四六上製　二八八頁　**三八〇〇円**
（二〇一七年九月刊）◇978-4-86578-138-0

リアリズム演劇の隠れた名作は、何を問いかけるのか

ヒロシマの『河』（劇作家・土屋清の青春群像劇）

土屋時子・八木良広編

米占領下の広島を舞台に、芸術と政治との相克に苦しみながら、理想社会の実現へと疾走する、「原爆詩人」峠三吉らを描いた戯曲『河』は、六〇～七〇年代に全国各都市で上演された。初演後五五年を経て復活上演され、新しい世代の出演者・観客にも大きな感銘を残した本作は、再び「核」の危機が迫る今、我々に何を訴えるのか？

A5並製　三六〇頁　**カラー口絵一二頁**　**三二〇〇円**
（二〇一九年七月刊）◇978-4-86578-231-8

能狂言最高峰の二人の対話

芸の心（能狂言　終わりなき道）

野村四郎（観世流シテ方）
山本東次郎（大蔵流狂言方）

笠井賢一編

同時代を生きてきた現代最高峰の二人の役者が、傘寿を迎えた今、偉大な先達の教え、果てなき芸の探究、そして次世代に受け継ぐべきものを縦横に語り合う。伝統の高度な継承と、新作へのたゆまぬ挑戦を併せ持つ二人の、稀有な対話の記録。

四六上製　二四〇頁　**カラー口絵八頁**　**二八〇〇円**
（二〇一八年一一月刊）◇978-4-86578-198-4